神圣的贫困

Hurskas Kurjuus

［芬兰］弗兰斯·埃米尔·西伦佩　著

余志远　译

中国青年出版社

目录

序

———

Preface

位于欧洲北部波罗的海之滨的芬兰有其独特之处。严峻的气候条件、美丽的自然环境、特殊的地理位置和其他因素使芬兰人形成了极有特色的民族性格和文化。在形成和发展民族文化过程中,芬兰文学一直起着重要的作用,在不同时期,芬兰先后出现了一批民族作家,如基维、康特、阿霍、西伦佩、瓦尔塔里、林纳等。他们的作品代表了芬兰文学的主流,反映了芬兰人民的物质和精神文明,在世界文学宝库中也占有一席之地。我国伟大的文学家鲁迅曾把北欧文学介绍到中国,他翻译的康特的短篇小说《疯姑娘》刊登在《现代小说译丛(第一集)》中。1949 年后,我国文学界开始通过翻译较为系统地引进芬兰文学,先后出版了芬兰民族史诗《卡勒瓦拉》,芬兰作家基维的代表作《七兄弟》,以及明娜·康特的《作品选(包括戏剧和小说)》和林纳的长篇小说《北极星下》以及部分芬兰作家的短篇小说。西伦佩的长篇小说也有中译本,但多数是根据英译本翻译而来的,直接根据芬兰语原文翻译过来的西伦佩长篇小说,《神圣的贫困》还是第一本。

弗兰斯·埃米尔·西伦佩(1888——1964),出生于芬兰坦培雷市以西汉曼居洛(Hmeenkyr)教区的一个农民家庭,他的父母是从外地移居而来的,经受过该地移民世世代代通常经受过的种种磨难。西伦佩曾就读于坦培雷中学,1908 年考入赫尔辛基大学,攻读数学和生物学,后因家庭经济困难,中途辍学,从事文学创作以谋生。他从小了解农村生活,对劳苦大众怀有深厚的同情心,但是他有宿命论的观点,其作品在一定程度上反映了当时重大的历史事件,主人公几乎都是命运的牺牲品。他的作品包括长篇小说《生命与阳光》(1916)、《儿童时代》(1917)、《神圣的贫困》(1919)、《海尔杜和兰纳尔》(1923)、《早逝/少女西丽娅》(1931)、《男人的道路》(1932)、《夏夜的人们》(1934)、《八月》(1944)、《人世悲欢》(1945)等,短篇小说集《我亲爱的祖国》(1919)、《天使保护的人》(1923)、《地平线上》(1924)等。1953 年西伦佩发表他的生平自述《这样生活过的孩子》,他的社会政治文章及游记发表于 1956 年,名为《日在中天》。西伦佩擅长人物心理刻划,描绘大自然,寓情于景,使人物和景物水乳交融,交相辉映。他成功地描写了农民生活、农民与大自然的关系,并因此于 1939 年获得诺贝尔文学奖。

《神圣的贫困》是西伦佩成名之作,它是一次对人生大胆无畏又辛酸痛楚的描绘。小说发表于 1919 年这个悲惨的年头,作者是在亲眼目睹了民族主义者与无产者之间的国内战争,在风云变幻的驱使下写成这部小说的。他把这部小说题名为《神圣的贫困》,是为了缅怀在极端贫困的条件下生活的大多数芬兰人民,为了铭记他出身的、他感到最亲切的那个阶级。芬兰长期以来是个落后的农业国。在佃农制的统治下,农民们在不足以糊口的土地上耕种,有一部分时间还要到地主的农场服工役,他们不受双方契约的保护。西伦佩把他们的贫困称为神圣,是因为这种贫困就像不可逃脱的命运一样,被人们怀着宗教般的虔诚接受下来。小说的主人公尤哈·托依伏拉,除了忍受物质贫困之外,还得忍受精神上的折磨,婚姻家庭带给他的也是灾难。尤哈虽然最终卷进了革命洪流,但他仍然没有逃脱悲惨的命运,这是他性格发展的必然结果。尤哈绝对不是自觉的无产阶级革命者的形象。西伦佩可以站在人道主义的立场上呼吁怜悯,却不可能以高瞻远瞩的气概审视人类社会的种种复杂现象。但他的艺术成就仍然是卓越的。在《神圣的贫困》中,他描绘了典型的芬兰自然风光,展现了带着地道的芬兰气息的一幅幅风俗画。尤其为人所称道的是,西伦佩的作品具有一种单纯朴素的风格。

对我们来说,阅读西伦佩的作品是一种享受,但也是一种挑战。西伦佩是芬兰语言大师,其作品无论语言还是内容都是很细腻、深邃。在本书翻译过程中,芬兰专家 Risto Koivisto 自始至终与译者保持密切联系,热情地为译者释疑解难,译者在此谨表示衷心的感谢。

我们还要感谢中国青年出版社和芬兰文学信息中心(Finnish Litera-tureIn formation Centre 简称 FiLi),没有他们的全力支持,这部译本的出版是不可能的。

余志远

2012 年 4 月 10 日于北京外国语大学

前言

————

Premise

根据教堂出生登记簿的记载,尤西/尤哈/雅内·托依伏拉,是约翰·阿伯拉罕·本杰明的儿子。他是一个可怜巴巴的老头子,长得非常令人厌恶。他晚年的时候整个脑袋都是秃的,只有几绺不知道何时修剪过的卷发从帽子底下、耳朵旁和脖子上露出来。他的脸孔也乱蓬蓬地长满了褐色的汗毛,但那只鹰钩鼻子却十分显眼。由于眼睛周围也长有汗毛,同时又被帽舌遮挡,在他的脸部,人们只能看到深嵌在眼窝中的两道阴郁的目光,这样的目光体面的人通常是不愿意看的。人们都千万百计躲避这种阴郁的目光,但是躲避的原因却跟躲避尤西的目光的原因完全不同。尤西的眼神里并没有任何咄咄逼人的地方,相反地,还经常流露出微笑呢。然而,在他的目光中却有一点儿精神不正常的迹象。考验一个人的意志力最好的办法就是让他看一个疯子笑咪咪的眼睛,因为流露出傻笑的眼睛会爽直地表示,他知道自己身上存在着那些一个人会不惜任何代价拒绝承认的东西。等着瞧吧,这样的疯子不知何时会在大庭广众之中说出些什么东西来……不过,尤西·托依伏拉肯定不是疯子。虽然他的头脑已经退化得很厉害,但要他保持清醒还是没有问题的。不仅如此,当地的乡绅们还认为他是个狡猾的骗子手、老练的鼓动者呢。后来,当人们得知他在起义期间曾经跟一桩惨绝人寰的凶杀案有牵连时,便毫不犹豫地给他判了罪。在一个春天的夜晚,受命前来处决罪犯的白军军官结束了他那凄惨的生命,同时被枪毙的还有另外八个像他那样可怜的人。

　　对于当地那些漫不经心的闲人们来说,尤西被判处死刑多多少少有点儿令人震惊,因为他们事先没有料到会是这样的结果。执行死刑后的头几天,每当有人谈起此事,嗓门几乎都会颤抖起来。然而,尤西·托依伏拉临终前,在他身上发生了一件小事,这件事你一听就会忍不住捧腹大笑,因为它完全反映了尤西的性格。起义者是在事先挖好的墓穴里被枪决的,尤西碰巧是最后一个。当轮到他被枪决的时候,他没有用脚站着,而是一下就躺倒在尸体堆上,好像要表示他已经已经倒下了。这是多么像尤西啊！但是他还是被命令重新站起来，然后被枪毙了。

"进行战争的时候，必须享杀戮之乐——否则你就赢不了战争。"一位芬兰战地作家这样写道，显然，这样说还是有点儿道理的。

但是，严格说来，战争本身是微不足道的，它只不过是连结个人或集体命运的某种瞬间而已。战争是会结束的，但是，因此而涉及到的各种人的命运，不论是哪个阵营的人，都是战争留下来的宝贵财富。特别是当战斗结束的时候，人的灵魂就会进入这样的时刻：人们的视线无论如何也不会停留在事物的表面或事物的次要方面，而是不可抗拒地看到深藏在事物深处的东西，肮脏、饥饿、残暴等因素对肉体的影响都不重要了。在心灵深处，所有的人都找到了自己的岗位，并且平静了下来。在那里，没有谁比谁更高贵，没有谁比谁更正确，战争使得那些以前从来不曾相互了解过的人们紧密地结合在一起了。就连一同死去的人都惊奇地发现：他们被葬在不同的墓穴里，他们怎么都不能理解，为什么别人要这样处理他们。尤西·托依伏拉和白军军官本来是老相识，然而，在某时某地，一个月光皎洁的夜晚，这名军官却亲手开枪打死了尤西。对他来说，这只是一件随手做出的小事，因为那时的他根本没有注意到，尤西实际上已经是一个有影响的人物了……

诞生与童年

Chapter 1

尤哈·托依伏拉出生于有地农民的家庭,虽然现在的年轻人中很少有人知道这一点,因为没有人对他家以前的历史感兴趣。不过,在距离他家乡两三个教区的地方,他还有阔绰的亲戚生活在当地的庄园主中间。但是他跟亲戚们已经非常疏远,当他因暴动而陷入困境时,他连想都没有想过他们。

1857年,尤哈诞生在芬兰西南部的萨达昆塔教区哈亚冈村的尼基莱农庄。他是在米迦勒节前夕星期五晚上生下来的。当时是秋天,米迦勒节前夕,农舍和庭院里已经弥漫着浓厚的节日气氛,但是混合在一起的还有一种怪味儿,类似于从即将临盆的产妇身上散发出来的那种令人厌恶的体臭味儿。那天早上下了一场大雨,接近傍晚的时候雨过天晴,在阳光的照耀下,一片片桦树林和白杨林显得绚丽多彩,而独自生长的云杉树则郁郁葱葱,生机勃勃。尼基莱农庄的主人本杰明是个50来岁的小老头儿,脑袋低垂,下巴上粘着烟叶。他步履蹒跚地沿着阁楼的台阶往下走进了院子。他身穿一件污渍斑斑的麻布衫,腰上系着一条皮带。上衣和衬衫上部的钮扣是敞开的,因此,当他迎着秋天的凉风站立时,那瘦骨嶙峋的、红彤彤的胸膛就完全暴露了出来。这是一个日趋没落的男子。他站在院子里,身上穿着这样的麻布衫,而酿酒铁锅正在小木棚里沸腾,这跟破旧不堪的木屋的墙脚所散发出来的腐朽味非常和谐地融合在一起。本杰明结过三次婚。这次是他的第三个妻子要生头生子了。瞧,那位拔罐婆光着膀子,汗流浃背,正从小木棚把水送到桑拿屋。当她看见本杰明要出门时,便大声喊道:"哎,老头子!今晚你应该呆在家里!"

"婆娘们,还是你们呆着吧!"本杰明粗声地说,同时大踏步地朝着教堂村走去。他那红彤彤的老脸上露出了洋洋得意的微笑,这样的笑容不仅反映出外界宁静的阳光,同时也表现出一个老人深藏内心但同样宁静的思绪。

"……婆娘们生儿育女……她们就是这样的人,就知道生孩子……现在这个是我第三个妻子,她马上就要临盆了,但是,拔罐婆却不会再生了……哈,哈,哈……伙计们……"

"……我要去奥利拉家,拜访奥利拉老爷子……虽然他是来自考盖麦基村的,但这个老头儿很有意思。他跟我一样常常喝醉酒。如果现在他没有喝醉,那才是怪事呢!他的生活很富裕,因为他有个身强力壮的儿子,就像头棕熊……他家里总是存有大量的黑麦。即使他用大量的黑麦酿酒,这个家伙也不会破产的……可是我有了第三个老婆,她要生了……拔罐婆正在那里指手划脚,不过我会马上采取行动……我得好好管教管教这些婆娘们……两个婆娘都尝过我的棍子的滋味儿,现在该轮到这个女人了……"

烈酒在本杰明的血管中流淌,他感到心里乐融融的。他的面颊就像花楸果那样红光闪闪,他的眼睛寻觅着近处的目标,以便抒发他内心那股高兴劲儿。他跟正在刨土豆的女工们嬉骂了一阵,然后冲着胡沙利家的孩子问道:"你们的父亲在家吗?"

"在家。"孩子回答说。

"现在他在干什么?"

"我不知道。"孩子说。

"大概正跟你母亲睡觉吧。"本杰明说,并且哈哈大笑起来,同时继续朝着奥利拉农庄走去。

本杰明第三个妻子,即现在的妻子叫玛依娅。论出身,她是本杰明即将前往的奥利拉农庄的女儿,不过不是现在这个主人家的女儿,现在的主人是考盖麦基人。农庄是玛依娅的哥哥卖给他的。那时候她的哥哥是个单身汉。他决定到坐落在坦佩雷市附近的一家农庄当上门女婿,因此他把祖传的农庄卖了。当时,他妹妹玛依娅处于一种不利的境况之中。她当然分到了一些钱,但是要靠这些钱找个丈夫是不可能的。起初,她把自己打扮得花枝招展,想讨人欢心,结果却遭人讥笑,因为她搞得有点儿荒唐。玛依娅的轻佻行为招来了灾祸。她的第一个孩子一出世就死了,手里的钱也随之消耗殆尽。玛依娅别无出路,只得离家当女仆,这是一条始终给女人敞开着的道路。那时,人们都预言她会遇到新的麻烦,因为她是个意志软弱的女人。可是这样的预言并没有应验。当尼基莱的女主人在米迦勒节去世,而同年秋天玛依娅来到尼基莱当女仆时,大家都说:"哈哈,本杰明又要有老婆啦!"这个预言果真兑现了。现在玛依娅正躺在桑拿屋里的木榻上准备分娩,拔罐婆洛维萨正在她的周围忙碌。

这是玛依娅盼星星盼月亮才盼到的时刻,因为她的生活至今还很不稳定,特别是她对自己能否成为农庄主妇这件事仍然是捉摸不定,忧虑重重。虽说她的小脑袋非常笨拙,智能低下,但她的心里却很清楚,只要她给她丈夫生下一个继承人,她就能时来运转。她以往的生活中就是缺少这样的机会,这并非玛依娅的过错。她的生活道路并不像一般农庄主的闺女那样顺利,她又有什么办法呢?她不惜忍辱负重,当了5年女仆。她觉得坏运气只是暂时的,只要时来运转,一切都会变的。所以,当尼基莱农庄主人暗示要娶她时,她马上就同意了。对她来说,男主人是个老头子,长着被烟叶熏黄的下巴,喜欢喝酒,又是鳏夫,这都没有什么不妥当。她甚至认为这一切都很理想,这倒并不是玛依娅·奥利拉想到了自己卑贱的身世的缘故,对尼基莱这样的农庄来说,他们俩确实是天生的一对。

结婚时她知道自己将正式成为女主人,并且有整整一周时间进行思想准备,因此这样的感觉时时围绕着她。她觉得星期天举行婚礼时,教堂将响起这样的声音:"农庄鳏夫,约翰·本杰明的儿子本杰明,和农庄女约瑟芬,赛法尼娅的女儿玛莉娅姑娘……"但是,教堂婚礼上牧师实际宣读的是"和同一个农庄的女仆",至于"姑娘",则根本没有提到。在其它方面,玛依娅也很快觉察到她的好机缘还没有真正到来,因为结婚以后她的处境没有发生任何变化。她对本杰明仍然不敢用别的称呼,只是用"老爷"和"您"称呼他,而他的女儿们则仍然像过去那样叫她"玛依娅"。本杰明提到女人的时候,总是称她们为"老娘们儿";只是在情绪特别好的时候,他才会改称为"婆娘"。婚前玛依娅盼望着当主妇时,这种说不出的忧虑曾经压在她的心头,婚后仍然如此。真正的时来运转不得不一拖再拖。目前只能是这样,其他的一切都必须推迟到明天再说。她曾经做过一次小小的尝试——把拔罐婆骂了一通,她想这样就能让洛维萨离开农庄,不再同本杰明家来往。但结果并非如此,那天主人回到家后就大发雷霆,大声喊道:"老太婆!你这个蠢货!要是你不安分守己的话,我可就不客气了……"本杰明已经老得可怕,长得又如此的丑,但他使出了浑身解数以表示他在家里的地位在婆娘们之上。本杰明一生中一直在努力发奋图强,因此她对他必须表示尊敬,除此之外别无选择。好在拔罐婆洛维萨看来也不是一个存心不良的人。那次争吵之后,她对玛依娅的态度好像倒比原来更亲热了。

看来玛依娅要改变现状的愿望并没有得到实现。有一次她在干活中间独自一个人休息的时候,她感觉到,时光易逝,她已经上了年纪,而他还像现在这样在农庄里受煎熬……她意识到,在这里,主宰一切的是本杰明老头儿那张红彤彤的脸庞和他在醉醺醺时所发出的喊叫声。这已经是根深蒂固的了,不管发生什么事,都是动摇不了的。在他们俩之间还有洛维萨和本杰明的女儿,她们都各有各的心眼儿,其他那些旁观者也是一样,就连周围那灰蒙蒙的村落也不例外。很显然,这一切还将继续下去……每当玛依娅陷入沉思的时候,她的鼻子就显得更尖了,她的两颗门牙已经脱落。要是本杰明死去,她还没有自己的孩子,也不会有再生孩子的希望,那么她的未来会怎么样呢?

但是后来出现了希望。怀孕期间,玛依娅苍白的两颊上方那对水汪汪的眼睛常常神情恍惚地凝视着前方。现在她就要给本杰明生一个继承人了,这种情况迫使她必须认真对待未来,从长计议。她得好好养育孩子,要让他所继承的那部分遗产不断增加,而不是被挥霍一空。每当这种思绪涌上心头时,玛依娅就忧虑万分。这些考虑使她忐忑不安,像一块块石头一样压得她喘不过气来。她能想象出这些一切成功后所带来的必然结果,但是她同时也感到想要成功需要深思熟虑,需要连续不断的努力。玛依娅一生中已经经历过成千上万次大大小小的挫折了,在生活的道路上她从来也没有称心如意过。现在她又遇到了艾娃和玛尔盖,还有本杰明上了年纪等等诸如此类的麻烦。为什么连她的婚事都不像别的姑娘那样顺利呢?一般说来,这种事是不用下功夫就能办到的。

然而,自然界并不关注这类需求,它只管按着自身的规律运转。一面是人们的意愿,另一面则是永恒不变的自然界。即使在这样的条件下,人类命运悲剧的那一部分仍然能够得以实现,就好像一朵鲜花,即使在最最凄凉的荒山野岭,也会长成它原本属于的品种。当分娩临头时,玛依娅心头上所有这些忧虑也暂时松弛了一阵子。她感觉自己好像进入了某种理想的境界。艾娃、玛尔盖、本杰明和洛维萨,让他们统统靠边站吧!

奥利拉农庄面包房旁的小屋里,一支蜡烛正在燃烧。昏黄的烛光下,三个爷们儿正坐着聊天。奥利拉老爸已经年过60,两颊刮得光光的,但下巴颏上从左耳到右耳却留着一小绺浓密的白胡子。他说的是考盖麦基人的方言,讲话时总是很死板地抬着头挺着胸。甚至连喝酒时他都盛气凌人。当尼基莱农庄主本杰明逐渐失去控制,甚至想逗弄他时,他就会不动声色地把本杰明压服,决不留情。本杰明不敢跟他顶嘴,因为老爷子旁边,跟他一样挺直腰板、纹丝不动地坐着的就是他的儿子法朗苏。他是一个20来岁,身躯魁伟,留着短发的小伙子。法朗苏有时也插上一两句话,但是说的时候仍然是一本正经,从来也不笑。他想表达自己的见解,但是每次他说的话都只不过是对他爸爸刚才说的话的重复。他们喝酒,但并不喝醉。在这里,这是奥利拉农庄主的地盘,他们好像随时可以让本杰明惟命是从，而本杰明在尼基莱农庄自己的家里可是个太上皇呢！

考盖麦基人开始三三两两地在这个教区安家落户。他们胸部长得很宽阔，对于当地的习俗根本不予理睬。他们穿着羊皮大衣，披着长长的披肩，即使在教堂山上，他们也操着考盖麦基口音，互相大声地交谈。

蜡烛忽明忽暗，很快就要燃烧完了，本杰明·尼基莱也是如此。

"看来你像蜡烛一样再过一会儿就要完了。"奥利拉老爸说。老爸还刚刚开始活跃起来，而本杰明却已经有点儿迷迷糊糊了。

"我没有借给你钱，你也用不着生我的气。你的处境怎么样，我怎么知道呢？让我再对你说一遍，是你自己要娶她的……"

本杰明已经喝醉了，但他仍然意识到，他对这些人来说是多么的卑微，他们对待他又是多么傲慢啊！他们还没有表示是否要接受他的农庄呢！可他们的口气就好像它已经落入他们手中了似的。一股怒气不知不觉地涌上本杰明的心头，他突然站了起来，好像要采取什么行动似的。可是老爷子也随之站了起来，并且说道："我的邻居，快回家去看看你的老婆吧！此时此刻她可能正在给你生小宝宝哩！"

他们爷俩把本杰明搀扶到门外。本杰明发现自己在一片漆黑的庭院里，一步一步开始朝着村子的另一端走去。在黑暗中，他的眼睛死盯着前方。醉意使一切与日常生活有关的东西从他的头脑里消失了，他眼前看到的只是他的生活和处境赤裸裸地反映出来的那些一成不变的基本的东西。这块土地、那片天空、那些考盖麦基人，不管你采取什么办法都不可能降服他们。用严厉的手段可以对付别的东西，但对付不了考盖麦基人。当你发现世界上还存在某种东西，你既对付不了，但又不能摆脱掉的时候，你就会感到难以忍受。不管他是否愿意，世界上还存在某些本杰明必须予以重视的东西，这样的想法总是在他的脑海里盘旋，把这个老头儿压得气都喘不过来。

他嘴里咕哝着，然后就在路旁坐了下来。

尼基莱农舍的厅堂里，墙上的松明正在咝咝地燃烧着。火光照亮了两个红发女孩，年纪大的是艾娃，小的是玛尔盖。她们俩都是本杰明第二次婚姻的产物，也是他所有的孩子中仅仅活下来的两个。姐妹俩长得像她们的母亲。看起来都有点儿呆头呆脑的，她俩彼此之间很少说话，但是她们总是喜欢互相作伴。今晚，她们俩更是抱成一团，因为她们可以整个晚上都待在这座曾经承载过她们童年的厅堂里，爱做什么就做什么。主人和主妇都不在，帮工们也都走了，这是他们酗酒狂饮最好的时光。只有蟋蟀在炉灶旁的砖头缝里不停地唧唧地叫着，墙上的松明燃烧得渐渐蜷曲起来，并且发出了可怕的劈啪声。玛尔盖就坐在松明灯下面，嘴里咕噜咕噜地念着她手里那本又长又窄的教义问答手册，离灯稍远的地方，艾娃正在踏着纺车。每当艾娃停车把线头绕到另一条槽道时，玛尔盖就会停止念诵，似乎想说什么，但是，由于她的姐姐很快又让纺车哗哗地转动起来，玛尔盖就只能舔了一下手指头，继续往下念了起来。玛尔盖还有点儿孩子气，她还没有参加过坚信礼，而艾娃几乎已经长大成人了。

她们头脑里所转悠的东西完全局限于她们所生活的那个小小的圈子和周围所发生的事情。当夏天过去，晚上就要点起松明，这意味着冬天就要来临了。时光就是这样年复一年地流逝，女孩们发现自己渐渐长大了。前年秋天，也是现在这个时候，这姐俩的母亲去世了。现在玛依娅来了，这里成了她的家，她在谷仓和阁楼之间自由自在地走动着。此刻，她正躺在桑拿屋里准备分娩呢。父亲呢？他老是喝得醉醺醺的。对艾娃和玛尔盖来说，母亲去世后的第一年是她们最快乐的一年，因为父亲很少在家，即使他回到家，也不会像打她们母亲那样痛打她们。家里的钥匙掌握在艾娃手里，她管得很严。虽然洛维莎总在庄院里鬼鬼祟祟地转来转去，还是很难把钥匙拿到手。洛维莎用"你"称呼她们的父亲，她一点儿也不怕他，尽管父亲是一个容易发火的人。

玛尔盖把书放在膝盖上，向姐姐问道："你知道父亲这次去哪里了？"

"大概是奥利拉家。"

"为什么洛维莎老在咱们家？她为什么老是笑话父亲？"

"拔罐婆曾经是父亲的情人。"

"噢，那现在来了玛依娅，她为什么还要到这里来呢？为什么玛依娅就能这样呆在咱们家呢？"

"她是女主人。"

"女主人是我们的母亲，不是吗？"

"她曾经是女主人，你可知道，现在女主人是玛依娅，这会儿她正生孩子呢。"

"她是怎么生的？她为什么要在桑拿屋里生孩子？"

"你问她自己吧！"

"你什么时候生孩子呢？"

"噢，明天的明天，当樱桃熟了的时候。"艾娃带着疲倦的微笑回答说，然后站起身来，把纺车推到一旁，打了个呵欠，开始摆弄她的头发。

尼基莱农庄这两个小眼睛、红头发的姑娘，她们因为被独自留在家里而感到厌倦，因此她们准备睡觉。玛依娅和洛维莎还呆在桑拿屋里。本杰明还在外面串门儿。在这个漆黑的秋夜，不时地从村道上传来帮工们酒后打嗝的声音。此时，这三个特殊的人群不知不觉地互相分离了，他们各自有各自的地盘。艾娃吹熄松明，堵上烟道，并且在灶台旁边那张咔吱咔吱作响的木床上躺了下来，而玛尔盖正准备躺到她的身旁，紧挨着她。尽管艾娃并不是特别喜欢玛尔盖睡在她的身旁，但她还是允许玛尔盖这样做。

从门廊上传来了急促的脚步声。拔罐婆走进主卧室，又走进面包房，打开厅堂的门，接着又走了出去。孩子已经出世，清洗后被拔罐婆用襁褓裹了起来。趁洛维莎找箩筐的时候，玛依娅用手掌在娃娃胸前划了个十字，嘴里又像祈祷又像发誓地低声念叨着。然后，她叹了口气就又躺了下来，一种天生的舒适感和幸福感油然而生，并且传遍了她那疲倦的身躯。此时此刻，她什么都不用害怕，什么都不用担忧。她能跟她的孩子单独在寂静的桑拿屋里呆一会儿，这是多么惬意啊！

米迦勒节的前夕，在偏远的林区边缘的尼基莱农庄，一个婴儿诞生了。刚刚过了一个小时，他就已经躺在桑拿屋的摇篮里，静悄悄地呼吸。之后他又活了 60 年，直到红色暴动降临。他并没有出生在一个吉利的时刻，但也说不上是赶上了坏年景，他是在极其寻常的环境里出生的。

在厅堂里，当父亲跌跌撞撞地朝着他的床走来时，艾娃被惊醒了。接着，当父亲大声嚷嚷，睡在门旁床上的人开口回答时，她又被惊醒了一次。

"老头子，别嚷嚷！你要是再不住嘴的话，我可要爬起来了。"这是雇工阿贝利的声音，他也是很晚才回来的。

老头子果真静了下来。但是过了一会儿，他又爬了起来，嘴里嘟嚷着走向门廊，好像在呼叫洛维萨。一个小帮工在床上哧哧地笑了起来。这一切艾娃都听得一清二楚，对她来说，这一点儿也不新奇。而玛尔盖却什么也没听见，她正睡得香呢。她紧紧地贴在艾娃的身边，看来她在梦中把艾娃当成了妈妈。

玛依娅盼望着孩子出生是有她自己的理由的。分娩之后，她感受到了在这种情况下自然而然会产生的那种庄严的气氛。但是，这样的气氛刚一消失，接踵而来的就是压倒一切的、繁杂的日常生活。在那时，孩子的诞生一般只被认为是一件体面的人们可以毫无怨言地、耐心地接受的小事。因为孩子总是以这种或那种形式给人们带来负担，给生活增添某种平淡而凝重的色彩。如果孩子未成年就夭折的话，那么孩子的死常常被看成是比孩子的出生更叫人高兴的事。母亲当然会流泪，但她会公开承认，她是因为高兴而流泪。

当玛依娅跟孩子不在一起的时候，她总是想到要让这个孩子活下去。

对她来说,这是很重要的。有时候,她会突然觉得本杰明可能不喜欢这个孩子。在这种情况下,她对本杰明就会产生一种新的感觉。这种感觉在他们夫妻间的交流中逐渐开始显露出来。当然玛依娅仍然本能地竭力保持他们恋爱时她所采取的那种忸忸怩怩的态度,但是实际上,当他们两人单独在一起的时候,她就直接像开玩笑似的、毫不掩饰地称本杰明为"你"。这种做法在本杰明身上产生了一定的影响,玛依娅觉得,她的分量和影响正在不断地增加。

当小尤西还不能独立行走的时候,他每天过的日子基本上是相同的。一个破旧不堪的摇篮就放在厅堂灶台旁的角落里。在漆黑的夜晚,这个两岁的小孩躺在摇篮里,双脚搁在他姐姐玛尔盖的怀中,玛尔盖则双腿分开坐在摇篮的后头。当玛尔盖懒洋洋地边哼唱边摇动摇篮的时候,由于木地板上留有节疤,摇篮就会发出嘎吱嘎吱的响声。孩子并不想睡觉。他不停地努力,想要坐起来,并且哭闹着要妈妈,但玛尔盖总是把他推倒,让他睡觉。

越来越黑的夜晚和不停地咬人的跳蚤和臭虫让孩子觉得害怕。他一边哭一边尝试着要坐起来,这样试了几次之后,玛尔盖终于跳起来,把他从摇篮里抱了出来。她用胳膊夹住他的罗圈腿,把他抱到窗前,此时窗户里还留有一丝微弱的光线,当孩子看见昏暗中在水井旁和畜棚旁忙碌移动的人影时,他就会平静下来。但是过一会儿他又哭了起来,哭声虽然不大,却连续不断。外面不时传来门的撞击声,屋里的蟋蟀正在唧唧地叫着。蟋蟀是当时农舍里最忠诚的住户,是松明的同代人。玛尔盖对她自己的无聊感到厌烦。她冷漠地盯着看窗前这个哭得满脸泪水的孩子。他是玛依娅生的儿子,但是他们的父亲却是同一个人……

人们纷纷来到了厅堂,其中包括雇工阿贝利和小帮工库斯塔。日工马斯托麦基已经走出大门回家去了。玛依娅的脚步声隐约可闻,她正朝着面包房走去。晚间忙碌的时候到了。

阿贝利脱下他的工作服,把手套和湿漉漉的裹脚布挂在灶台旁烘烤,然后他伸手从房顶的橡木那里折下一把松明,把一根火柴在灶台旁的砖石上一擦,点燃了松明。孩子停止了低声的哭泣,眯缝着小眼瞅着火光。他累了,但如果玛尔盖敢把他放到摇篮里,那他准会马上哭叫起来。

阿贝利把那辆他还没有完工的雪橇拿了出来。库斯塔坐在板凳上打瞌睡,因为只要没有人支使他,他就可以闲着。女主人玛依娅走进了厅堂,她在百忙中把尤西抱在怀里,给他喂奶。尤西已经两岁多了,但玛依娅还没给他断奶。

玛依娅知道应该如何做个好样的女主人。她叫库斯塔和玛尔盖读书。库斯塔立即拿起《教义问答手册》,但玛尔盖有点儿磨磨蹭蹭。于是玛依娅威胁道:"等你的父亲回来,让他来收拾你吧!"

库斯塔刚进入最好的状态,开始念念有词地读了起来:"亚当每天深居于我们心中……哎……哎……要和他一起忏悔和修身……哎……哎……可恶的欲望……哎……必须打消……然后……然后……然后每天重生……哎……"阿贝利连接榫头时需要较亮的光线,于是他冲着库斯塔大声喊道:"哎,小伙计,过来,帮我拿灯!"

刨声嘶嘶,纺车唧唧,库斯塔和玛尔盖咕咕哝哝地读着教义问答手册。这时,本杰明胳膊下夹着一捆松树枝走进了厅堂,他一声不吭地用刀把松树枝劈成松明。今天一整天他都没有喝酒。在这样的情况下,他的到来总会使大家对他肃然起敬。

两三个小时之后,这些不同年龄组成的群体纷纷进入了梦乡。在这无边无际的荒原上,阴沉沉的黑夜在他们的周围叹息,如同昏睡人群中仅有的一个清醒的人,正注视着在时间的海洋里孤立无援地挣扎着的这些愚昧的人们。命运攸关的60年代开始到来了,但是,在这些偶然走到一起的人中,没有一个人能从蟋蟀唧唧喳喳的叫声中听出一系列大事即将发生的声音。七个人的呼吸此起彼伏,每个人都不停地努力为厅堂里的空气贡献自己一份力量。

小尤西的呼吸声很轻，几乎听不见。他在母亲的怀里吸着奶睡着了，被放回到臭烘烘的摇篮里。这里躺着的是一个五脏俱全的小小的躯体，他也不自觉地沿着时光的海洋挣扎，朝着遥远的成年时代，更遥远的老年时代和那个神秘莫测、无人知晓的死亡飞奔。而后，一切又将恢复原状，时光海洋的彼岸依然无影无踪。这里躺着的躯体有血，也有肉，内部也有骨头。但是，对这个特别幼小的机体来说，走向死亡的道路一开始就是崎岖不平的。在那小小的骨头里，肉眼看不见的细胞正在发生变化，人们只能看见这种变化的结果——逐渐弯曲的股骨和凹凸不平的头骨。当夜幕降临的时候，一只臭虫极其机灵地从摇篮的角落里蹿了出来，沿着被子乱跑，直到它找到它要找的东西为止。

所有这一切所散播出来的信息不断地传入人们敏感的大脑细胞。当这些信息变得越来越强烈的时候，远处忽然响起一个声音，这尖锐的声响迅速渗透到所有正在进行神秘活动的大脑中去，但是对此作出反应的却只有一个人的大脑。

玛依娅从正在打呼噜的本杰明身边爬了起来，揉了揉红肿的眼睛，挠了挠胸部两侧的肋骨，她要去哄小尤西重新入睡。但是，尤西不仅没有停止，反而哭得更响了，并且还在摇篮里不停地来回翻身。于是玛依娅只得俯下身子趴在摇篮上，很不耐烦地让尤西吮她的奶头。究竟哪一天才能给他断奶呢？在这样的深更半夜，一股厌烦的心情充斥在玛依娅的胸间，因为她感到这个孩子正在一个劲地吸吮她乳房里仅有的一点点乳汁。这样下去，她会承受不了的。而且她也知道，农庄现在已经债台高筑了。

孩子又静下来了——但他只是暂时睡着了，许许多多外部和内部的因素仍然在连续不断地产生着影响，慢慢地把这个小小的生命造就成人。玛依娅重新躺在本杰明身边，叹了口气，并且伸了伸手脚。库斯塔在说梦话。除了呼吸声外，到处都是一片寂静。一只蟋蟀正在灶台的壁架上啃着那本教义问答手册的封面。

那些日子在小尤西的记忆中保留下来的印象,仅仅是一些通过感官所获得的印象片段:阳光、月光撒落在地板上的斑点、人的吆喝声、松明燃烧时发出的劈啪声,还有一些圣诞节留下的景象:天花板上挂起了麦杆草环,地板上铺满了麦杆屑,周围点燃了蜡烛,人们唱起了赞美诗。这一切也给他留下了深刻的印象。但是,真正给他留下长存不灭、永世难忘的印象的却是下面发生的这件事:

他独自一人在宽大的厅堂里。那一刻他哪里也不想去。刚才他在面包房里的时候,母亲给他喝了差不多满满一大杯咖啡。虽说他当时已经5岁了,但他还是个小孩。他坐在地板上,眼睛盯着窗户和窗框,好像有什么东西在那里停住了,他好像刚刚发现了一种早就存在的东西。星期六,星期日,星期二……

门廊里响起了一阵啪哒啪哒的脚步声。过了一会儿,父亲本杰明走进了厅堂。老本杰明和小尤西正好面对面,一种模模糊糊而又难以捉摸的气氛顿时弥漫在他们两人之间。这种人的本性在本杰明的内心深处苏醒了,就好像一头野兽从躲藏的洞穴看见一只稀有动物正在林中慢慢地爬行似的。他必须对他的孩子有所表示,于是他面带微笑地看着儿子,把他抱了起来,放在灶台的壁架上。他从口袋里拿出一个烤熟了的萝卜,并且叫小孩子用嘴去咬。孩子听他的话,吃起了萝卜,尽管他并不真正知道这东西究竟好吃还是不好吃。尤西闻到了熟悉的酒味和烟味,他现在和他的父亲处在在同一个高度,从这个奇特的角度看见了本杰明那张长满胡子的脸和那对小小的眼睛。这是一个相当可怕的人……这就是他的父亲……而本杰明还微笑着,同时把填塞在嘴里的烟叶拿了出来,然后慢慢地塞进了小孩子的嘴里。孩子不敢反抗,也不敢推开父亲的手,他拼命地咧开了嘴,哇的一声大哭起来。这种恶作剧给醉醺醺的老本杰明带来了小小的、令人作呕的喜悦。要知道这可是玛依娅生的孩子……他的内心迸发出一种奇怪的欲望:他也想捉弄一下玛依娅。他不记得自己是否真正打过玛依娅,因为在她之前他有过两个妻子,以前是用什么办法折磨她们的,他自己都记不清了……

正当本杰明硬要把沾满烟叶的手指塞进小孩的嘴巴时,玛依娅突然走进了厅堂。她走近灶台,想把孩子从壁架上抱下来。

"你又在干什么? 是不是喝醉了?"她问道。

"别乱说乱动,老太婆!"本杰明带着老气横秋的口气,装作怒气冲冲的样子冲她吼了一声,同时把玛依娅一下推开。

"你这个醉鬼,你觉得你明年该靠什么生活? ……让这个孩子下来!"

"住嘴,该死的婆娘!"本杰明急忙转身,冲着玛依娅大声喊道。此时,尤西乘机从灶台壁架上跳了下来,他的脚后跟啪哒一声落在地板上,但他只是揉了一下嘴巴,就拔腿向院子冲去。天黑下来了,拨罐婆的丈夫大卫从大门里走了进来,腋下夹着一个桦树皮篮子,像个近视的人看东西时那样撅起了嘴唇。

"你的父亲在家吗?"大卫喘着气说。

尤西没有回答。大卫因此认定小尤西是个臭小子。这次大卫是来给尼基莱老头子送烟草来的,因为本杰明家的烟草都被霜冻毁掉了。

过了一会儿,尤西小心翼翼地溜进了厅堂。

"是的,你有个好老婆,"本杰明用两膝夹着盛烟叶的篮子说道,"我比你更了解你的老婆,你说呢?"

"我敢断定你们俩之间有更多的共同语言。"大卫尖声地说,"但是,东家,你到底知不知道,今年冬天我们该怎么过呀?"

"我才不管呢,不过,我说的是你的老婆,你使劲打过她没有?哪怕是一次也罢。"

玛依娅又来到了厅堂,本杰明朝她看了一眼,同时发现了尤西。

"啊,这个臭小子还在这儿?看我这就给他一点儿烟叶。"本杰明的嗓音听起来很和气,因此尤西仅仅向门边稍微移动了一点儿。玛依娅再次从厅堂里走了出去,随即砰的一声把门关上了。

"什么?我这就给她点颜色瞧瞧……"本杰明一边大声吼叫,一边站起身来。不过他并没有跟着她走,而是满面怒容地兜了个圈子,慢慢地坐回到长板凳上。

大卫重新拣起刚才的话题,说道:"唉呀,我们该想想办法,怎样才能度过今年的冬天啊!对了……你的农庄上的黑麦,我想也该收割了吧?"

"别说这些了!来,让我们喝酒去吧!"本杰明大声地说。大卫站了起来,虽说他没有使老头子同意他对歉收年景的抱怨,而且还碰了点儿钉子,但是能喝上一杯倒也不错。他们两人一起爬上了阁楼。

那次发生的事在尤西的脑海里留下了深刻的印象,甚至在几十年之后,他仍然觉得那天下午发生的事历历在目。

那天晚上,连拔罐婆家的孩子都来到了尼基莱农庄。尤西非常淘气。他向她家的男孩啐唾沫。当那个男孩向尤西的父亲告状时,尤西差点儿挨了顿揍。整个晚上都像过节似的乱哄哄的。后来洛维莎亲自来叫大卫回去。此时,大卫已经喝得酩酊大醉,需要别人搀扶了。洛维莎毫无怨言地张罗着照顾大卫。即使有人看见他们,有人议论他们,她也根本不在乎。只要洛维莎还健在,她家就不会缺钱挨饿。

就在那时,大自然所遵循的秩序开始出现了混乱。芬兰大多数地区首次遭受严重的歉收。但是,偏僻地区的老百姓们却仍然在时光海洋中不停地颠簸着。在 19 世纪 60 年代,时光海洋的地平线仍然是朦朦胧胧的,谁也别想把它看清楚。

在发生大饥荒前的那些年月里，在哈尔亚林地的巷道里玩耍的那些孩子堆里，常常可以看到尼基莱农庄的玛依娅的儿子尤西。他那细长的脖子上顶着一个大脑袋，罩衣下面露出一双罗圈腿。他的嘴巴老是张开的，那对呆滞的小眼睛常常一眨不眨地凝视着他的四周。

一座布满褶皱状岩石的小丘一直延伸到村子的中央。这是村里的公用猪场，人们都称之为猪山，但它却是村里孩子们最喜欢去玩耍的地方。山坡上有一间破旧不堪的小屋，旁边种满了苹果树，还有到处散落的大花楸果。小屋里住着一大家的孩子，后来，这家的孩子们就成了远近闻名的猪山弟兄，男孩们成了流浪汉、打斗之徒，女孩们也以不同方式走向堕落。在那个时候，除了这些孩子外，胡萨利家和彼尔塔利家的孩子，洛维莎的两个孩子和尼基莱家的尤西也在猪山上玩耍。

从他们的穿着来看，男孩和女孩都是一样的。男孩们在 10 岁前都穿着宽松的、不系腰带的罩衣。天气比较暖和的时候，5 岁的孩子只穿一件衬衣，飘扬着长发到处乱跑。男孩的头发都剪成圆圈，从远处看来，好像有个圆碗倒扣在他们的头上。当他们爬上花楸树头朝下倒挂在树枝上时，这个碗状的发结就散开来，看起来就像一团乱糟糟的鬃毛。在明月高照的秋夜，花楸树下幽静的巷道就会出现这样一些人的身影：拔罐婆从尼基莱农庄步履艰难地走回自己的家，有时奥利拉老爸也会直挺挺地走过这里。

孩子们的生活是无拘无束而又丰富多彩的。每个晚上，他们都像是走过了人生最充实的一段路程，他们甚至觉得这段时间比他们后来的人生阶段好像都要长。在那些日子里，孩子们通过正在成熟的感官和萌生中的智慧，见识并领略到了天地间的一切事物，他们可以毫无限制地从中选择他们喜爱的生活内容。

然而，无论何时何处，总有一个巨大的世界挡在孩子们的面前，甚至凌驾于他们的意愿之上——这就是成年人的世界。这个成年人的世界还包括林地和田野、房屋和牲畜。无论在什么地方，这些东西的背后都隐藏着成年人的意愿，一旦孩子们能够为这些意愿效劳时，大人们就会强迫他们这样做。大人们从巷道里穿过，扛着农具去田里干活，然后又从那里走回来。他们常常板着脸，有时候还喝得醉醺醺的。对于孩子们认为重要的事情，他们总是极其冷淡，一点儿也不关心。没有一个成年人曾经爬过猪山。成年人是大自然中最不可思议的造物之一。他们总是令人害怕，因为他们动不动就"教训"孩子。教训孩子的方式是各种各样的：抓头发，扭胳膊，用棍子、皮带或者鞋子打人。这种教训是成年人关心孩子仅有的时机，也是孩子们可以给成年人带来小小乐趣的唯一场合。在礼拜日的下午，大人们坐在某家院子的草地上聊家常，而孩子们则在旁边乱打乱闹，这时往往会有某一位父亲忽然心血来潮，想要教训一顿自己的孩子，很明显，这时候这样做会博得其他大人的欢心，因为打孩子是大人们之间所达成的一种适度的共识。此时，如果有人出来直截了当地给挨打的孩子说两句安慰的话，他们就会把烟叶塞进自己的嘴里，吐口唾沫，然后重新摆出一副一本正经的样子。只有男人和个别的女人才享有真正成年人的地位。那些婆娘们，即已婚的女人们，尽管比孩子们的地位高，但她们还是不能跟男人们平起平坐的。对她们来说，喝咖啡有点儿像孩子的互相打闹，是一种犯忌讳的活动。她们也有自己的隐私，不过她们的男人是不知道的。但是当男人们冲着她们发火的时候，她们就会马上被征服。她们生活的基调是灰色的，即使这种灰色调中偶尔夹杂点别的颜色，男人迟早也会发现。尽管大家都认为丈夫在背后监视妻子的行动是不合适的，但对于一个真正的男子汉来说，不时地注意妻子耍弄的花招，接着管教管教她们是他们与生俱来的职责。

什么样的男人是真正的男子汉呢？这从衬衣和裤腰带可以看得出来。身穿前后略微松弛的腰带裤，这是成年男子最主要的标志。男人一旦穿上这样的腰带裤，他就可以嚼烟草，喝烈酒，找姑娘，讲粗话，提到孩子的时候,可以用"臭小子"这样的词语。穿背心和裤子是穿罩衣和腰带裤之间的中间阶段,那时候孩子被叫做"小鬼",或者亲切一些被叫做"小家伙"。在被称作"小家伙"这个时期,最庄严的事件就是行坚信礼。举行坚信礼差不多与生儿育女的意义是一样的,这也是成人世界中所发生的希奇古怪的事件之一。当一个男孩接受圣餐后,他与童年世界之间马上就会出现一道鸿沟。他就会很快掉进那个神秘、可怕但又令人羡慕的成人世界。当处于鸿沟另一边的孩子们向他打听有关成人生活的奥秘时,他只是装出苦笑的样子,半开玩笑地给他们一些含糊其辞的解释就算了事。

但是,人生的奥秘还是传到了猪山上那帮孩子们的耳朵里。孩子们发现了"老太婆"和"老头子"之间的区别,想象力启迪了他们的灵感。他们玩了很多游戏,起先是边玩边咻咻地笑,然后就玩得上气不接下气。可怕的是,万一这些游戏传到大人的耳朵里,那可怎么办呢!他们中间有牙牙学语的孩子,首先必须把他们打发走。因此这样的情况常常会出现:一个三岁大的孩子可能边哭边跑回家,他的母亲就会怒气冲冲地跑来了解她的娃娃到底是怎么回事儿。在这样的情况下,游戏只得中断,也许要到当天晚上才能继续⋯⋯但是,如果没有遇到任何干扰,这些炽热的游戏就能继续下去。孩子们到处乱跑,越跑越远,结果回家时已经很晚了,他们心里都害怕回家要挨打。有时候他们也确实挨了打,但有时候在家里等待他们的却是极其温馨的气氛:父亲不在家,母亲在邻居家喝咖啡。在这样情况下,他们对这种丰富多彩的生活的体验就得以原封不动地保存了下来。

尤西直到9岁才经历了所有这些过程。到了20岁,甚至30岁的时候,尤西仍然会不时回忆起过去他在猪山度过的日子。只是在结婚以后,他才把那段记忆完全忘却。在他有了自己的孩子后,他从来也没有想到过他的孩子也可能会玩他曾经在猪山上玩过的那些游戏。

当尤西 9 岁的时候,这些游戏终于结束了。那年夏天,孩子们在这个国家成千上万个湖泊旁边玩的其他许多游戏也都结束了。人们一字一字地读着印在月份牌封面上的数字:1,8,6,6。当然,有些人能连贯地读成 1866。

那年夏天,雨老是下个不停。圣雅各节以后,雨水不停地倾泻在泥泞的道路和潮湿的田野上,几乎没有一天不下雨的。老人们怨声载道,年轻人沉默不语,孩子们垂头丧气地从阴暗的窗口向外张望,他们情不自禁地担心他们可能再也不能回到他们原先玩耍的地方了。他们想溜出去,但只要一阵冷风吹来,雨水就会湿透他们身上穿的薄薄的罩衣,脚趾头就会冻得发疼,于是他们只好赶快返回暖烘烘的厅堂。

深藏在大人脑海里和流露在他们脸上的忧虑也朦朦胧胧地在孩子们的心灵中引起了反响。他们怀念以往收获和播种时那种阳光明媚的日子。年纪较大的孩子比较安静,他们注视着大人,看他们在阵雨间歇之间把发了芽的庄稼收进谷仓,在泥泞中刨土豆,或者在没膝的污泥地里徒劳无益地播撒种子。那年秋天,摊到尤西和玛依娅头上的好日子只有两天,那就是本杰明去坦佩雷市的时候。因为尼基莱农庄收获的黑麦不能当种子用了,所以本杰明只得在奶牛身上打主意,不仅是奶牛,本杰明把家里所有能卖的东西都卖了,以此来换取有用的麦种。当本杰明回家时,他的确带回来了麦种,但是比需要的要少。但他似乎并不在意,甚至还第一次带回来了在城里购买的瓶装酒,这些麦种也是赊账买来的的,这在尼基莱还是第一次。即使只剩下这么一点儿种子,玛依娅还要偷偷地从中匀出一点去跟收购破烂的人换咖啡喝。这件事不幸被本杰明知道了,接踵而来的是整整两天的大吵大闹,有时他们甚至闹到几乎要动手的地步。

秋天和冬天早早地来到了麦田,不过仍然有一半田地没有被白雪复盖。尼基莱的大部分土地都没有下种,因而还没到圣诞节,厨师就不得不在面包里掺一多半的糠秕。万圣节后,庄园里只留下了本杰明和尤西两个男人。所有的农活都落到两个佃农的肩上。

尽管越来越严峻的考验纷至沓来，但是生活在密林里的人们——他们还没有使用"芬兰民族"这个称号——仍然一周又一周，一月又一月地拼搏着。当六月来临时，每到凌晨三点钟，哈尔亚林地的农民一出门就可以凭借穿越云层射出来的微弱的光线看见猪山斜坡上的白雪，湖面上闪闪发光的冰块以及麦田里一小绺一小绺发黄的禾苗。仲夏节和仲夏节后的几个星期，就像病人回光返照过后想从床上爬起来似的，天气暂时转暖了，虽然并不长久。

到了九月初，每天早晨都阳光灿烂，太阳好像冲着人们脸上那种惊惶失措的表情说："有什么大惊小怪的？这是庆贺节日似的早晨，难道你们没有看见吗？好日子就要来了！"

像当真要庆贺节日似的，大自然为人们安排了连续三个这样阳光灿烂的早晨，其实这样的早晨只有一个也已经足够了。人们在狭窄的巷道里来回走动，奇怪的是，他们看起来好像缩小了许多似的。人们看见本杰明就在这群人中间，他没喝酒，神志清醒，走起路来那认真的样子令人发笑。本杰明在胡萨利的地里看到一些人正在干活，用长柄大镰刀收割长得稀稀拉拉的黑麦，然后用耙子把一堆堆割断了的麦秆耙在一起。往常在这种情况下，本杰明一定会讥笑他们几句。而这次的情况不同了，他谦逊地从胡萨利家的地边走过，并且用几乎要哭出来的腔调，一本正经地向他们道了个早安。

恶劣的天气经过长时间的准备，给人们带来了种种威胁，但每次又都给人留下一线希望，现在这位伟大的客人终于来到人间，要把人们从痛苦中拯救出来。哈尔亚林地的村子里，唯一还有点收成的人就是奥利拉老爸。不过，他对此并没有大做文章，相反地，无论走到哪里，他都要大声地说："最糟糕的是，松树皮要到春天才能当饭吃呐！"

夜幕徐徐降临了，这是尼基莱全家一起度过的最后一个平安夜。然而，即使在这样的时刻，人们仍在为各种事情奔忙。甚至在圣诞节前夕，还是有许多杂七杂八的事情让他们一直忙到天黑。黑夜迫使他们谁也没有功夫在进屋之前仔细地琢磨关于圣诞节的事。况且，这些忙忙碌碌的人们这一次都本能地避免思考如何过这个圣诞节的问题，他们并不急于在圣诞节平静的气氛下相聚在一起。这些外表看来粗鲁、愚昧的人们，由于一代接一代与神秘而忧郁的大自然互相接触，他们的灵魂深处产生了一种敏感性。甚至到现在，还有许多人仍然认为，随着夜幕的降临，他们好像听到了儿时曾听到过的，圣诞天使飞行时拍打翅膀所发出的瑟瑟声。听到这种声音，独自忙碌的人可能会放慢节奏，思考一下即将来临的现实——饥荒年的圣诞节。尽管他本来只是想在户外多呆一会儿而已……别的人当然也会发现圣诞天使的，当天使经过的时候，好像会给人一种可怕的预感，而见到天使的人是不喜欢让别人从他的目光中看出这一点来的。

不管怎样，随着时间的消逝，就像今年秋天的到来那样，圣诞之夜还是来临了，霜冻并没有使时光的车轮停转。

黄昏中，尼基莱农庄的老本杰明坐在窗边的长凳上。他感到疲惫不堪，他的眼睛呆滞地朝着院子里张望，现在这个时候，他连吵架的劲儿都没有了。他并没有感觉到什么可怕的预感，也没有看到圣诞天使。他无所事事地坐在空荡荡的厅堂里，觉得很无聊。他的头脑里只有可恶的厌烦情绪。

圣诞节！老本杰明经历过许多气氛热烈的圣诞节。那时，圣诞之神猛烈地敲击着他那被大量的烈酒、啤酒和猪肉所胀满的肚皮。在过去的圣诞节，他总能感觉到身为一家之主的优越感。有一次，在一次圣诞之夜，当他一边吼着，一边走向他的邻居胡萨利家时，本杰明家里的女人和孩子都怕得要死，因为那时他正在跟胡萨利打官司。他们俩先打了一架，然后互相妥协,接着两人都在胡萨利家的面包房里睡着了。不过,他们只睡了一会儿,因为一清早他们就要坐着叮叮当当直响的雪橇一起去教堂……那时候,人们就是这样过圣诞节的。继圣诞节之后,又有斯捷凡节之夜(圣诞节第二天的夜晚),还有其他许多夜晚,直到主显节(圣诞节后第十二日)过完才算完。多么热闹的圣诞节啊!那时候,连婆娘们都显得年轻了。

在这个饥荒年的圣诞前夕,老本杰明没精打采地坐在昏暗的窗前,回忆着过去的美好时光。他感到这个世界上只有他一个人。对于在他周围忙碌的那些人,他只觉得反感,动不动就发火。他们在这个家庭的存在似乎只是为了见证他的没落,因为他现在几乎跟他们平起平坐了。拔罐婆还活着,但是她也已经人老珠黄了。女人一旦老了,就分文不值。

本杰明认识一个即使现在也还有酒喝的人。他想起了奥利拉老爸。他的年龄比本杰明大,他不属于本杰明这个圈子。奥利拉老爸这个人我行我素,非常讨厌,但他在各个方面都要比本杰明和其他的人高明得多。本杰明知道他喝酒喝得跟自己一样多,但他却比本杰明健康,比他有钱。他几乎从来不吃带糠的面包,霜冻并没有把他所有的黑麦都毁掉。就在今年,本杰明还从他那里(考基麦基村)运来了满满三车黑麦。特别是,本杰明还欠他600卢布……圣诞节前夕,跟他要花招可不会有好结果的。

本杰明从长凳上站起身来,漫无目的地一步一步走到院子里。他看见尤西在山坡上冻得发抖,他正要责骂他,突然从桑拿屋后面钻出了一群拖着雪橇的人。现在这个时候,这样的场面是十分常见的。本杰明顿时活跃起来,因为他意识到,跟他们相比,毫无疑问,他依然还是个农庄的主人。

"恭贺圣诞!"乞食的饥民们操着北方口音说道。

"谢谢,北方人!不过这儿不行。"本杰明说,"你们还是到奥拉伐依宁去吧!那里有收容所。听到没有?我不让你们进来,你们就不能进来。"

本杰明向奥利拉家走去，于是尤西可以心情平和地注视着正在离去的乞丐，也就是所谓北方人们。此地的人不把那些讨饭的本地人叫做乞丐。甚至到了 50 年后，在战时，每当人们提到乞丐时，尤西·托依伏拉仍然认为他们是可怕的异乡人。这次圣诞前夕的情景在他的脑海里留下了特别深刻的印象。

本杰明刚一走远，尤西就马上撒腿奔向猪山那座小屋。时间已经很晚，但一种本能的反应驱使尤西离开自己的家，也许猪山会有真正的圣诞节，而这在尼基莱家里是找不到的。要是今晚能跟猪山上的孩子们一起度过这个夜晚该有多好啊！尤西在家里没有人作伴。

然而，当尤西出现在猪山时，那里的孩子们感到非常惊奇。库斯塔娃心里想，本杰明一定是发脾气了。但是，通过旁敲侧击，她终于了解到他们家里没有吵架，本杰明出去串门了，尤西这才偷偷地来到猪山……这多多少少是可以理解的。猪山上的小屋里飘着芜菁甘蓝煲散发出的香味，把圣诞节的气氛带进了这家的厅堂。但是尤西不由自主地预感到，他是不可能跟他们共享这道美味的。于是他忧伤地悄悄溜出了门，就像某种圣诞预兆那样神秘而不可预测，尤西这次上猪山的行动是受他的本能的支配。现在他没有别的选择，只得从星光灿烂的户外回到厅堂里。如同别的夜晚那样，今天晚上厅堂里也燃起了松明。一家人都想等主人回来后才去洗桑拿浴，但总也不见他回来。再等下去桑拿屋都要凉了，于是大家只得在主人缺席的情况下去洗桑拿了。

在这个夜晚，尼基莱一家人的表现有点儿异常。圣诞节那种宁静和祥和的气氛已经充溢在奥利拉老爸的心中了，他洗了桑拿浴后正在刮胡子，这时候本杰明却突然出现在他身旁。难道这是借贷的时机吗？现在离喝酒庆祝圣诞还有一段时间，要等全家人一起唱完圣歌后才能共进晚餐呢。奥利拉老爸几乎要发火了。

"你欠了多少钱，你是知道的，当然我也知道……总共是 600 卢布。

还有这两年的利息你也没有付,这得加到本金上去……"

"……"

"你知道得很清楚,我是不卖酒的,无论是现金还是赊帐都不行。不过,利息我已经记到本金里,也就是说,再加大约 200 马克……"

"……"

"为了这笔交易,我愿意免费送你一点儿酒,这样你就可以尝尝圣诞节的滋味。你带了酒壶了没有?"

"……"

"如果我不得不按法律收回贷款的话,请你不要怀恨在心,总共是 2600 马克……愿上帝保佑你吧!"

"……"

洗完桑拿浴回来后,尼基莱家的厅堂里笼罩着一种压抑的气氛。大家都很害怕,不知道老头子回来后会说些什么,因为他们没有等他回来就去洗桑拿浴了。玛侬娅还在桑拿屋里,她是在别人走后才一个人去洗的。当其他人洗澡的时候,她偷偷地按圣诞节的习惯把麦秸铺在厅堂里。这些麦秸看起来很寒碜,都是一些烂草,它们是早晨从两年前盖的棚子顶上扒下来,准备用来喂牲口的。尤西认为自己应该坐在麦秸上,这是责无旁贷的,尽管麦秸散发出一股霉烂的气味儿。他觉得很孤独,因为他的周围都是大人,而所有大人此刻的心情都异常颓丧。

门廊里传来了脚步声,大家听出来这是本杰明的脚步。他那双熟悉的眼睛从门缝往里张望时显得比平时更明亮,喘息声也比往常更响了。当他进门时,大家的目光立即被他毫不掩饰地夹在腋下的那个大酒瓶吸引住了。尼基莱家没有这样的器皿,他一定是从村子里弄来的。

令人惊讶的是,本杰明并没有马上就发起火来。大家便都一言不发,沉默着,尤西也悄悄地从麦秸堆上爬了起来。本杰明把酒瓶放进自己的柜子里,把柜子的门慢慢地打开,然后又关上,没有吭声就走了出去。他慢慢地蹒跚着往前走。在这样不平常的夜晚，人们可以很明显地发现，在这些严酷的年月里，本杰明已经老了很多。实际上，对他用不着再害怕了。他刚走出厅堂，女人们就嘿嘿笑了起来。

但是这只老猫头鹰今晚还有足够的精力，还能给本来就已经很凄凉的圣诞节再泼上一大桶冷水。

要是在 3 年前，本杰明在同样的情况下莫名其妙地走了出去的话，阿贝利就有充分的理由跟出去，看看还在桑拿屋里的女主人会不会出事。但是，现在阿贝利不在场，厅堂里的人也知道女主人不会有什么重大危险。在尼基莱家，生活的各个方面都在衰退。

尽管如此，节日晚餐之前，本杰明还是试图恢复从前过圣诞节时的状况。他想洗桑拿浴，甚至连衣服都脱了一半，但是他突然觉得体力不支了，只得停了下来。玛依娅把他撂在桑拿屋，自己回到厅堂里，在餐桌上摆好餐具，并从贮藏间里拿出了一支牛油蜡烛。就在这时，本杰明忽然光着脚，只穿着一件衬衫就摇摇晃晃地走进了厅堂，并且晃晃悠悠地直冲橱柜走去。他抓过酒瓶喝了三大口，然后瘫倒在床上。

尽管这是他在这个悲惨世界度过的最后一个圣诞，尽管他欠了那么多钱，多得连他自己说都说不清楚，但他觉得只要自己还有酒喝，心里就还是有一种苦涩的兴奋。本杰明已经筋疲力尽，但他还要回光返照一番——他看见了尤西，不论在什么情况下看到尤西，他总想捉弄这孩子一番。但是这次全家人都在场，对他来说，这孩子实在是太微不足道了。他的眼光落在铺在屋里的干草堆上。

"谁把喂牲口的干草搬到屋里来的？"

"放在哪儿还不是一样？"玛依娅回答说。

"我要让你知道，老太婆！就是不一样！蠢货！"本杰明一边喊着，一边晃晃悠悠地走向桌前，打算把蜡烛推倒。玛依娅赶紧把蜡烛挪开，于是本杰明弯下腰，抱起一堆干草就想往屋外掷。

"老头子，你这样的身体，别管这些事儿啦！"

玛侬娅想挡住他，但他却颤抖着说："我要让奥利拉的饥民们看看，我们是怎样使用牲口饲料的！"他使出了最后的力气，结果却倒了下来，把屁股都摔疼了。他自己连爬都爬不起来，只得嗷嗷大叫着让玛侬娅帮他站了起来。当他上床后，他气吁吁地说："给我酒喝！"

玛侬娅起先并没有注意到他说些什么。本杰明大发雷霆，尽管他已经走投无路，但他仍然大声吼道："给我酒喝！"

玛侬娅瞅了瞅玛尔盖，好像问她酒在哪里。

"在柜子里。"玛尔盖冷冷地说。

老本杰明睡着了，于是其他人就坐下来吃圣诞晚餐：粗麸皮做的面包，稀溜溜的酸奶，还有羊肉煮芜菁。蜡烛发出微弱的黄色光芒，照亮了静坐在桌子两旁的人的瘦削的脸孔。此时此刻，几乎家家户户都在同样的气氛中吃着圣诞晚餐。刺骨的寒风呼啸而过，好像是特意来祝贺圣诞佳节似的。男人们和女人们的眼睛都严峻地直视前方，脖子精瘦的孩子们的嘴正在使劲地嚼着食物，好像每咽下一块面包都要随之吞下许多看不见的眼泪。

此时，一望无际的星空正俯视着这一弱小民族所处的这个历史阶段，注视着这个民族现在是如何尽力维持着自己奄奄一息的生命以等待即将来临而又无法预见的命运，以等待 20 年、50 年甚至 100 年后必然到来的另一种时光——比现在更加美好的，或者比现在更加不幸的时光。老天爷俯视着无边无际的森林，在那里，未来的数百万人民还沉睡在垂死的乞丐和目光锐利的山猫旁边。在被开垦的林中空地上，老天爷看见了灰蒙蒙的村庄。在其中一个村庄里，有一个人在饱食后的睡梦中看到了即将落入他手中的农庄。而另一个人却想着他是在祖传的屋子里打发最后一个圣诞之夜。在另一个村庄，在那人满为患的难民收容所里，这个民族中那部分没有资格参加即将来临的变革的人的生命之火正在慢慢地熄灭。

在这块和谐的灰色土地上,老天爷看到了如此多的东西。剧烈动荡的时刻还没有到来,但在这块土地上,公开和隐蔽的自发势力已经开始行动了。

这是1867年圣诞之夜。现在,在经过了这么多年以后,大家可能会觉得那个时代非常有趣,但是对生活在那个时代的人来说,那是一个情绪低沉的的时代。吃完饭后玛依娅想唱圣诞赞美歌,但她把音调起得太低,没有人能跟着她唱,因此她唱了两三首后就停了下来。

当晚的经历使10岁的尤西心情很不愉快。圣诞冒险变成了幼稚可笑的猪山之行,芜菁甘蓝煲散发出的香味使他尝到了圣诞盛宴的滋味,父亲古怪的举动也有助于他回想起过去的倒霉事,饭后他试图在发霉的麦秸堆上坐一会儿,但他最终还是睡着了,睡眠冲淡了他对当时各种不愉快的小事的记忆。

本杰明一向习惯驱赶那些进入尼基莱农庄的乞丐,但是在这个圣诞夜,乞丐们却第一次被允许在尼基莱农庄歇脚。当大家刚准备睡觉的时候,一个老太婆带着两个孩子突然溜进了厅堂。据她说,孩子的母亲已经在途中饿死了。这时老本杰明还没有醒过来,所以乞丐们被安排在霉烂的麦秸上过夜。乞丐们的到来惊醒了尤西,他们那怪里怪气的样子也印刻在尤西那糟糟懂懂的意识里。他感到,在他刚才睡着的时候,圣诞节似乎真的到来了。

一清早,本杰明就开始闹脾气,但闹得那么无力,大家都看出他根本不可能闹到多么严重的地步。他跟讨饭的老太婆吵了几句。老太婆一边为自己辩护一边尽力照料着两个孩子。她几乎动用武力才从本杰明家为孩子弄到了仅存的一点点牛奶。第二天,她仍然呆在本杰明家过夜。她一边津津有味地吃着麸皮面包,对面包赞不绝口,一边无所不知似的谈论目前国家总的形势,谈论着里希麦基即将开工的铁路工程。她说出了一大串有灾民收容所的地名,就好像这是众所周知的常识似的,她还教大家如何烤面包。总之,她在各方面都显得很内行,比别人高明。她身上散发出一股湿漉漉的乞丐的气味,这种味道跟尼基莱家厅堂里原有的烟草和泥土气味紧密地融合在一起。第三天,她带着孩子和破烂的行李朝着坦佩雷市走了。

尼基莱家族的最后一个阶段就这样开始了。从此以后,乞丐不时地来到尼基莱农庄,再也没有人会赶他们走了。当他们发现农庄的人自己也没有什么东西可吃的时候,他们便像圣诞之夜来的那个老太婆那样,不再徒劳地哀求,不管是白天还是夜晚,他们直接走进屋里,待上一两天,然后再离开。要是哪个乞丐有咖啡豆,那么他们就在尼基莱家一起煮着喝,本杰明起先还试图斥责他们,但后来他也不得不把分给他的那一杯喝了。

尼基莱家多年来形成的那种依赖关系开始崩溃了,充斥在各个房间里的乞丐的气味完全与这家人融合在一起。现在,尤西见到了越来越多跟他同年龄的孩子,他的头脑开始对另一个更大的世界产生了幻想,关于另一种生活的朦胧意识在他的心中萌发。这股奇特的气味好像在向他召唤。现在,他可以随心所欲地在屋里和院子里跑来跑去,再也没有人会盯着他。他亲眼看到有人死去。不久以后,尤西就开始想跟这群流浪汉一起四处流浪了。他似乎预感到,自己不久就会离家出走,但究竟是在哪一天呢?

对本杰明来说,那些日子充满了内心忧虑和自我折磨。圣诞节从奥利拉老爸那里弄到的酒全都喝完了,他也绝对不好意思再到奥利拉家去要酒喝。为什么呢?连他自己也不知道。圣诞节后,他感到体力大大下降,各种烦恼开始涌上心头,特别是当他单独一个人的时候。在万籁俱寂的时刻,他仿佛听见一个看不见的牧师正在严厉地说教。他先说的是本杰明年轻时的情况,接着他把本杰明当农庄主时所发生的事一件一件搬了出来,最后他阐述了贫困生活的成因和性质。每当他讲到本杰明无法理解的事情时,他就压低嗓门,而且采用听起来更加亲切的语调。但是有一件事他根本就没有提到。然而,这一次本杰明忽然明白了对方布道的目的了,这个看不见的牧师正是为这件没有提到的事才特地对本杰明布道的:他要死了!

他再也看不到时代的变迁了,因为他本身已经无法改变了。他会下地狱吗?他没想过。不过关于天堂的描述,他觉得很枯燥无味。一旦他朝这个方面思量,他就马上觉得,自己好像已经重病在身,躺在床上,还要用一种柔弱的声音忏悔自己的罪过。这是一个嗜烟酒成癖的成年男子会陷入的最恶劣的境界。

本杰明生活中这方面的表现是这样的:他跟其他人一样驾着马车上教堂,当他情绪好的时候,会像对其他事那样拿教会的事来开玩笑。要是牧师的说教很有人性,他可以听听。但是对于那些永恒极乐之类的救世之道,他总是像对待自己孩子那样,不论他们多么烦人,都得耐着性子,容忍他们。

然而,现在这位看不见的牧师正在对本杰明布道,要他变成小孩子。他就要死去,他还欠着债,他各方面都变得软弱了。就在此时,灶台旁的长凳上有一个乞丐正在酣睡。但本杰明知道,警长马上就要来抓他了。如果有一个真正的男子汉能看出他现在的心情,那么他一定会开玩笑地抓住他的脖子,像对待小崽子那样摇晃他。奥利拉老爸——这个有连鬓胡子的老家伙——说不定什么时候也会陷入这样的境地。

本杰明突然浑身颤抖起来;他的脑袋里满是刚才出现的那些念头,它们像粘在鞋底的胶泥一样牢牢粘在他意识里。他感到害怕,嘴唇和双手开始颤动,他觉得很不舒服,大脑也不听使唤了。他从厨柜里拿出了奥利拉老爸给他的酒瓶,酒已经全都喝光了。他不由自主地把农庄的地契塞进怀里放在他的胸口,然后就颤巍巍地走了出去。

尤西看见父亲走了出去，心想一定要出什么事。他对意外事件早就有所准备。他紧张地注视着睡在长凳上的乞丐，不时把目光移向院外的道路，看看还有没有难民会来他们的庄院。噢，又来了一个……

本杰明很快就回来了，一边腋下挟着酒瓶，另一边则挟着五只挺像样的面包。奥利拉家以前从来也没有给本杰明家送过刚刚烤好的热乎乎的面包，而这次奥利拉老爸好像突然慷慨起来了。跟以前一样，本杰明涨红着脸又出现在门旁，刚刚到来的乞丐贪婪地盯着他手上的面包，显然以为这是要分着吃的。但本杰明却把面包和酒瓶统统放进了自己的柜子。这可是珍贵的东西，尽管这次面包来得很容易，他还没有开口要，奥利拉老爸就把面包给他了。不过，庄院的地契却因此留在奥利拉家了。本杰明觉得如释重负，这样一来，他的颤栗就停止了，取而代之的是一股暖流涌入心头。现在本杰明可以上床睡觉了。

"老爷，既然你得到了别人的帮助，那你是不是也应该救济一下别的穷人？"昨天晚上来的一个北方佬问道。听他一说，本杰明才注意到挤在屋子里的那些乞丐。

"好吧，我让你们瞧瞧别的穷人……"

本杰明摇摇晃晃地站了起来，顺手摸到了一样东西。高烧、烈酒和铤而走险所带来的轻松感唤醒了他以前所具有的那种暴烈的性情。现在柜子里有酒，还可以把所有的人赶出厅堂，然后就可以上床睡觉，一想到这些，他的心里就乐滋滋的。天哪，农庄和田地已经失去了，也就是说生活的基础已经失去了。本杰明在乞丐中间发现了尤西。一刹那间，他想起了跟玛依娅一起生活的那些年头；这段生活在他眼前掠过时，显得十分漫长、使人痛心而又令人厌恶。

就在这关键时刻，门外响起了叮叮当当的铜铃声。一辆雪橇的侧影出现了。铺着熊皮的雪橇上坐着一位肥胖的黑脸男子，他是此地的警长。

乞丐们吓得屁滚尿流,本杰明也把喝酒的欲望忘得一干二净,尽管他手里仍然高举着刚才顺手抄起来的手摇钻。

警长不用询问也很清楚刚才这里发生了什么事。他把乞丐全都赶出了屋子,让他们到山岗上去。乞丐走后,屋子留下来的只是紧张的寂静和乞丐身上常常散发出来的那种气味。本杰明两耳嗡嗡作响,一种自由的感觉正在快速地增长:警长已经来到了这里。本杰明感到筋疲力尽。这一切几乎跟过节一样。越来越厉害的高烧,黑皮肤警长的到来,这两件事好像属于一件事。冬天即将过去,夕阳映照着反射出蓝色光芒的积雪,早春的气息在雪堆里已经依稀可见,不过再也看不到一个乞丐了。

本杰明对警长说:"好吧,就这样吧……不会晚过两个星期……好吧,我一定尽力……我有点儿不舒服……"不管怎样,本杰明还是让警长喝了一杯酒,并且说:"老朋友,我老婆那里也许还有咖啡……"

"不,不必了,我没有时间。"铜铃叮当一响,雪橇就嘎吱嘎吱地滑动起来了。

本杰明孤零零地呆在这所祖传的老房子里,周围是一片静寂。现在他真的只有一个人了。刚才那些突发事件使他产生了现在这样的心态,在他漫长的一生中这种心态是第一次也是最后一次产生——他对任何人和任何东西都不再怀有仇恨了。他那沾满烟叶、毛茸茸的下巴在不停地颤抖,作为这个世代相传的家族的最后一名代表,他哭了。刚才他从奥利拉家回来,这是他最后一次行走在哈尔亚林地的巷道里。

就在当天夜里,本杰明离开了人间。他在临终时说的最后一句话是:"我决不像一条庄稼汉的狗那样死去。"他说这句话的时候,很明显已经神志昏迷了,因为这句话实际上是普尔科利农庄主人临死前说的话,本杰明以前喝醉后还常常带着亲切的、几乎是高兴的口气重复这句话呢。

本杰明死后不久,小尤西的梦想就实现了。因为欠缴税款,农庄被该区驻图尔库办事处拍卖了。奥利拉老爸喊的价最高，因为本杰明生前借他的钱最多。老爷子派他最小的儿子安东尼去管理尼基莱农庄。而玛依娅就只能带着儿子离开这个业已破产的家了，她不想留在自己的家乡，因为从幼年时代起她在这里的生活就接连不断地遭到挫折。她擦干眼泪，决定到她哥哥那里去碰碰运气，听说哥哥日子过得不错。

于是，在一个清朗的早晨，尤西醒过来时，发现母亲正在门外的台阶前把一些零星杂物装到一辆雪橇上。玛依娅还想办法搞到了一点咖啡豆和几只面包。这几只面包还是本杰明从奥利拉家拿来的，现在奇迹般地剩了下来。他们吃了一点儿当早餐，其余的面包就带着作为干粮。他们就这样离开老家上路了。玛依娅拉着雪橇，尤西在后面推着。尤西身上穿的是一条带背心的裤子和本杰明留下来的一件外套。玛依娅穿着本杰明的另一件外套。初春的阳光照耀在闪闪发光的雪堆上。尤西悄悄地回头眺望，看见远处猪山那美丽的山顶，在那里他曾经玩过多少有趣的游戏啊！尤西使劲往肚子里咽了一口口水，对流浪生活的憧憬不知不觉地被忧郁所取代。

在行程的最初阶段，路上只有他们母子俩。尤西的脑海里不时地联想起他在人生第一个十年里所熟悉的人，这些人近几年都四散而去了。他想起阿贝利和库斯塔、艾娃和玛尔盖，还有他父亲本杰明。现在，他离家越来越远，在这样非同寻常的环境中，尤西觉得这些人都出奇地相似。

但是尤西和玛依娅不久就有了旅伴。当他们踏上大路的时候，在前面的开阔地带里，他们看到了长长的、络绎不绝的难民队伍。大多数人都在步行，而且拉着堆得满满的雪橇，但有时也能看到瘦骨嶙峋的马匹。不管是雪橇还是马匹，总有一小群难民紧围在它们的周围。难民们往往是成群结队的，即使在人群比较拥挤的地方，每队之间仍然会保持着一定的距离。

旅行所引起的那种兴奋感变得越来越厉害，尤西甚至连疲劳都忘记了。接近傍晚的时候，这种兴奋感变得更加强烈。他们经过一条两旁设有栅栏的弯曲小道，又来到了一片开阔地。远处出现了一块红色的里程碑，在里程碑下面躺着一个发黑的东西。每个行人都要停下来看一看。原来这是一个死人，尸体旁边还站着一个惊惶失措的小女孩，身上围着一件大人的衣服。走在玛依娅和尤西前面的人群中，有一个人对着小女孩喊道：

"快走，到村里去吧！不然，到了夜里野狼会把你吃掉的！"

但这个小女孩仍然站在死人的身旁，目光呆滞地环顾四周。

黄昏时分，难民们来到了一个较大的村庄，接着大家就各寻住处去了。玛依娅和尤西来到一户人家黑洞洞的过道，想推开大门，但是大门里面上了闩。显然屋里的人正准备烤面包，从门里面传出来的和面声清晰可辨。他们敲门敲了很长时间，门才稍稍开打了一点。里面有一个女人发了话，她要他们到难民收容所去，还告诉他们难民收容所的路怎么走。他们在黑暗的巷子里穿来穿去，终于找到了收容所。这是一座四处漏风的堂屋，即乱哄哄的难民们的归宿。难民们几乎忘却了疲劳，婆娘们还在吵吵嚷嚷。尤西根本听不懂她们在吵什么。玛依娅后来才搞清楚是怎么一回事。原来其中的一个女人正在炉子旁炒咖啡豆。她刚从收旧货的人手里用破衣服换来了一点咖啡豆，这些破衣服是她从刚死去的老婆子身上剥下来的。另外一个女人也打着同样的算盘，她也等着老婆子咽气，但老太婆死的时候她恰好走出去了。现在这位失望透顶的女人断言，那个女人是在老婆子断气之前就把她的衣服剥下来的，因为她看见老婆子被抬到草棚里去的时候下巴还在动弹。于是就产生了这场口角。不过，那位受了委屈的女人很快就将得到补偿，因为在厅堂的一个角落里有一个男子，饿得浑身浮肿，马上就要断气了。

玛依娅和尤西就在这里度过了他们第一个夜晚。第二天一早，在同样的兴奋感支配之下，他们又动身上了路，直到很晚才到达了目的地。他们没有顾得上吃饭,只是喝了几口水解解渴,转眼间便睡着了。第二天,玛依娅同哥哥商定,把尤西留在图奥利拉农庄,而她自己则又动身去找活干了。

当玛依娅再次回到图奥利拉农庄时,已经是 5 月了。春风送暖,大地生机蓬勃。玛依娅是傍晚回来的,回来时已经病入膏盲,身体非常虚弱,根本没有力气谈她找工作的情况。夜里,她的病情恶化得更厉害。她大声地呻吟着,把家里的人全都吵醒了。尤西也被吵醒了,他亲眼看着他的母亲离开了人间。

尤西的童年就这样结束了。

寄人篱下

Chapter 2

如同寒夜过后明亮的太阳必将升起那样，1868年美妙的春天早早就降临到芬兰的土地上，同时春天也降临到了咆哮的死神身上，也许那时死神并没有在咆哮，因为谁也没有听到它的声音。但是，它不时还会从流浪的难民中拽出某个虚弱不堪的男人，把他抛在栅栏旁的雪堆里，或者在荒凉的林间小屋里从某个死掉丈夫的女人身旁夺走她最后一个孩子的生命，以减轻她的负担。整整12000人正在死亡线上挣扎。据说即使在这样的情况下，贫困也并没有引起任何骚乱。在萨尔纳乌斯山岭①的沙石坡上，成群结队的人马正在修建一条往东通向沙俄大都会圣彼得堡的交通大动脉。铁路的这一边，有人用铁锹在挖地；铁路的另一边，有人站在他们后面，等待死神把铁锹交到自己手中。死神决心要做到不偏不倚，它让好几千人轮流挥动铁锹，又让他们身体虚弱到不得不放下铁锹。目光锐利的会计师因此得出了一个有趣的结论：尽管这条铁路是在困难时期修建的，但它的费用却比预计的要节省50万。

人们在萨尔纳乌斯山坡上修建铁路时悄悄地死去。50年后的今天，成千上万名修建铁路的工人仍躺在沙石堆起来的墓穴里，在他们所修建的这条大动脉的跳动中，当听到"现在的日子真苦啊！"这样的呼声时，他们一定会感到惊讶，并且会反问："难道只是现在才这样吗？要知道，早在铺设这条铁路的时候，我们就已经吃尽苦头了。"

从前的尤西·尼基莱现在有了新家，新的充满生机的春天也降临到他的身上。自从他被图奥利拉庄园收容后就再也不用挨饿了。图奥利拉庄园不用在面包里掺三分之一以上的糠就度过了整个困难时期。即使在饥荒最严重的那年冬天，这种掺糠面包也仅仅烤过两次。图奥利拉庄园的主人负责发放当地的救济物资，因此当控告他贪污的流言开始出现时，图奥利拉庄园的面包里就不得不掺上点儿糠。不过图奥利拉家里总是有

---

① 萨尔纳乌斯山岭：此山（Salpausselk?）位于芬兰南部，由沙石堆积而成。

纯面粉做的面包,此外还有大量的牛奶和奶制品。无论在哪个方面,图奥利拉与尼基莱是不一样的,就连主人加莱是玛依娅的哥哥这个事实也很难让人相信。加莱身材高大,鹰钩鼻子,派头十足,一看就是个农庄主,而他对他妹妹玛依娅本能地感到反感,因为她看起来十分邋遢。连尤西都注意到这一点,因为他们兄妹俩两次会面时他也在场。母亲对她哥哥的态度简直称得上是卑躬屈膝。第二天母亲就毫不犹豫地离开了家,她感到高兴的是,她的儿子尤西得以留在那里。过了两三个月,她又回到家。她这样做好像要告诉人们,她仅仅是为了要死在自己的家乡才回到这里来的。玛依娅这么快就死去,毫无疑问,使她哥哥松了一口气。

在很长一段时间里,尤西有点儿怅然若失。图奥利拉家的房子既宽敞又干净,但有很多房间尤西是绝对不准进去的。这里吃得很好,而且可以吃饱。但尤西在尼基莱时每天可以喝好几次咖啡,这里虽然也有咖啡,可主人就是不给他喝。尤西那瘦弱的身体很快就强壮起来了,但他的头脑似乎有些问题,一种莫名其妙的精神萎靡症在折磨着他。他的目光总是十分呆滞,人家要他干什么,他常常流露出没有听明白似的神情。当有人吩咐他出去办事的时候,他的眼睛里就止不住地涌出泪水。对他来说,这里所有的地方都是陌生的,没有人向他介绍这里的情况,人家只是命令他干这干那。他又不敢问。有时候他站在院子里,不知道自己到底该干什么,直到女主人等不及了,怒气冲冲地跑到院子里来察看。

"你去找奶桶到底要多长时间!"女主人嚷道。要知道,如果尤西明白女主人说的是什么,如果他知道奶桶在哪里,那他一定会很愿意跑出去找奶桶的。但女主人对尤西的困惑并不关心,从此以后,尤西便获得了一个"大傻瓜"的绰号。

当女主人吩咐尤西在大厨房里干活的时候,他很笨拙,到处碍手碍脚,没有一个动作能跟周围的环境相协调,这一点他自己能感觉到,旁观者也能清楚地看出来。这里的一切跟过去的尼基莱有天壤之别。这里的主人,玛依娅称他为尤西的舅舅,而尤西却一向称其为主人,从不例外。对尤西来说,主人是一个捉摸不透的人。他总是呆在庄园之内,总是那么严肃,从来也没有喝醉过,而且无论多么离奇的事情发生,他也不会对着女主人大声嚷嚷过,更不用说揪住她的脖子打她了。至于女主人,她一点也不怕丈夫。他们两人之间总是存在着一种古怪而又令人难以理解的默契,你不可能通过支持其中一方的方式来反对另一方。到了晚上,也不存在是否该离开厅堂到别处去的问题了。雇工和女仆都睡在厅堂里,尤西对他们了解很少,他睡在厨房里,主人睡在里面的卧室里。每天夜晚,他都必须在同一个时间爬上他那干净但并不舒服的床,继续他那并不舒服的一天。即使在梦中,他也感到他那正在成长的肌肉仍然绷得紧紧的,而胃里过饱的负担加深了他身为奴隶的感觉。

乞丐们有时也来到图奥利拉庄园,但他们跟光临尼基莱农庄的乞丐是完全不同的。他们规规矩矩地站在门边,或者坐在厅堂里,边哭边回答女主人的问题。有一次,女主人问一个女乞丐的名字。刚好这个女人与女主人同名,于是女主人就施舍了她一些东西。然而,就在同一天,又来了一个女乞丐,不等女主人发问,她就主动告诉女主人她的名字也叫爱玛。女主人哈哈大笑,但还是施舍了她,并且叫她转告所有那些自称爱玛的人,她们的这一手往后再也行不通了。

很奇怪,对于这个地区的乞丐,尤西见到他们就想躲避,根本不敢接近他们。显然这是因为他现在属于能吃饱的那部分人了。后来尤西在乞丐中遇到了他认识的人,他们是猪山那家年纪较大的孩子,是童年时代和尤西一起玩耍的小朋友。尤西见到他们,忽然感到有些丢脸,他们之间的谈话因此而变得非常勉强,很不自然。他们不待询问就告诉尤西,奥利拉家的人现在是尼基莱农庄的主人,拔罐婆洛维莎卧病在床。对尤西来说,这些消息好像来自遥远的地方,对他的触动并不大。当这些孩子走后,尤西感到松了一口气。

夏天来了,大地披上绿装,树上枝叶茂盛。在远处的牧场里,挂在奶牛身上的铜铃叮叮当当作响。天气较好的时候,人们便抓紧有利的天气用政府提供的麦种进行播种。呆滞已久的人们又活跃起来,因为夏天孕育着新的希望。一个庄稼人一边扶着犁耙犁地,一边心有余悸地回顾着刚刚度过的那些可怕的年头,以便珍惜眼前如此晴朗的日子和茁壮成长的庄稼。虽然一个人的智慧还不足以准确地评价过去所经历的一切,但是他本能地喜欢这样的想法:新时代即将照亮一条新的、前所未有的道路,沿着这条道路,人的生活将获得新的方向,达到新的高度。这个人犁完一条垄沟后就停了下来,看了看路上那些不幸的逃难者,他颇为遗憾地注意到,旧时代还在如此顽强地阻挡新时代的诞生。

昔日尼基莱的尤西成了图奥利拉的尤西。对他来说,这个夏天和今后几个夏天将是他生活中最有意思的阶段,即少年时代。在这个阶段,他要比以往任何时候都孤独。

他在过去靠刀耕火种开垦出来的林中牧草地上放牧主人家的牲口。这里的景物变化多端。占主导地位的是稠密的阔叶林,但是林中深处却隐藏着四周由栅栏围起来的牧草地和贮藏干草的小棚屋。在陡峭的两山之间,沿着谷底曲曲弯弯地流淌着一条细细的小溪。午间时分,太阳直射谷底,牲口静卧在草地上。小溪上面,斜坡的边缘处,白桦树上茂密的枝叶好像彩旗似地悬垂在热气腾腾的蚁巢之上。尤西很快就适应了新的环境。他觉得这里是制作搅拌用的木棒,采摘编篱笆用的杨树条的好地方。在这里,他不会因为愚昧无知而感到压抑,而在家里,这种压抑感总是使他扫兴。在这里,他的背后没有人在发号施令,在这里,他可以随心所欲地吆喝他所照料的牲口。

尤西白天想些什么往往取决于当天早上或头天晚上发生在他身上的事情。有时候,整整一天他头脑里想的就是现在他所处的境况,他周围的景物以及他所放牧的牲口,而在脑海里,在他为将来所编织的图画中,图奥利拉庄园(其中包括主人、女主人和其他的东西)占据着主要的地位。他觉得他在这里生活得很好,他决不离开这里,不,他哪里都不去。父亲,母亲,过去尼基莱的全部生活已经远远地落在后面,变得十分陌生了。幸运的是,这些东西已经从他的记忆中消失了,今日的阳光并不是为他们而如此明媚。如今的他坐在向阳的山坡上放牧,对于主人和女主人之间的和睦相处已经习以为常,丝毫不感到惊奇……黄昏来临时,他将带着牲口回家,这是多么惬意啊!

但有的晚上特别沉闷,第二天起来一看,天空果然乌云密布。午后,不远处的天空忽然开始电闪雷鸣。小尤西吓得毛骨悚然,赶紧躲进附近的草棚。他觉得上帝突然降临到他的头上了——上帝一定是直接从哈尔亚林地来的,来自遥远的年代。图奥利拉庄园似乎已经离得很远了,就像根本不曾存在过似的。父亲本杰明找到了逃跑的尤西,重新获得了昔日的全部权力。天空中的电光不停地闪,如同恢复了活力的过去把愤怒的目光射向大地。巨雷轰鸣,好似整个大地都在颤抖。尤西一边大声呼喊,一边就想象着自己正扑向玛依娅的怀抱。此时,他感到血液中的粘稠的东西消失了。在这场暴风雨中,他所熟悉的景色变得陌生可怕。在这个危急时刻,在这块偏僻的牧场上,父亲本杰明的粗暴、母亲玛依娅的柔弱成了尤西心中最珍贵的财富。

即使暴风雨过去了,这一天尤西的心情也不会轻松。两头奶牛不见了。尤西刚刚哭了一通,他的呼吸仍然有点儿颤抖,这使他新一轮的哭泣反而来得更容易些。如果找不到丢失的母牛,他会怎么样呢?丢失了的那头打头的牛在青草地的旁边出现了,但它看起来很狂暴,当尤西试图靠近它的时候,它立刻狂奔而去。原来有狼!还未成年的尤西含着眼泪,一面虔诚地祷告上帝保佑,一面沿着湿淋淋的林间小道惊惶失措地往家里跑,耳边每时每刻都回响着想象中被狼咬伤的母牛的吼叫声。这正是暮色苍茫的时候,一个独自住在林中小屋的老头子听见尤西经过那里的哭声,他走出小屋,打算去图奥利拉家的牧场看看出了什么事。他在泥泞的沼地里看见一头牛已经陷进了沼地,另一头挂着铜铃的牛正在不远处哞哞地叫,并且围着它乱蹦乱跳。他立刻明白了是怎么回事。他左顾右盼一番,确认没有什么危险时,急忙返回小屋去取绳索……

在这些牧草地里,尤西度过许多清晨、白昼和夜晚,从来没有一个时辰是完全一样的。19世纪70年代的牧童不能意识到环境的变化对他的影响,他越来越清楚地感到自己好像断了根似的到处漂流。过去的事情就像几周前所做的梦那样消亡了,但是能用手抓住的东西却一直没有出现。他既不是雇工,也不是少东家。他既不能睡在厅堂里,也不能睡在卧室里,到了晚上,他只能睡在厨房里。

他参加教义讲习班的时候快要到了。他感到紧张不安的期待与某种不无忧愁的兴奋混杂在一起,因为这意味着他将进入人生中一个新的阶段。黄昏来临时,他没有征得任何人允许就悄悄地溜进了雇工们住的厅堂。当时厅堂里还没有一个人。他坐下来后,嘴里便哼唱起成年人常唱的一支歌。他的心奇怪地被那些低俗的歌词所陶醉。当雇工们收工回来时,他还没有离开那里。主人亲自来把他带走,并且少见地用那种严厉的口气对他说:"你在这儿干什么?"从主人这样的口气中,尤西好像提前尝到了第二天就要开始的那种新生活的滋味。

那些留着短发的孩子们端正地坐在教堂的靠背长凳上,似乎都在专心地听牧师长讲解神圣的三位一体。牧师长讲得慢吞吞的,但非常清楚,只是他使用的那种高雅的神学语言,与孩子们穿的沾满油污的靴子和粗布制成的短衫根本无法协调起来。他讲话时吐词非常准确和清晰,这是几十年的不断重复的结果,但他讲道的内容远远超出这些农村孩子所能理解的范围。不过,牧师长讲话时的音调和节奏还是产生了强烈的效果;

在这样的情况下,人的头脑就很容易受到影响,并且这种影响可以一代一代地传承了下来。孩子们对圣父、圣子、有着鸟的形状的的圣灵的原始理解没有产生动摇,他们的图像都印在教义问答手册弯弯曲曲的首字母的上方。

在这些孩子中,有不少人将会遇到危急时刻,那时候他们就会充满热情地高喊上帝的名字。他们心中的上帝也是一代一代传下来的,但不是通过老师的嘴巴,而是通过人民水深火热的生活经历。他们心中的上帝在父亲的血管里跳动。因此,当父亲一听到孩子垂危的消息,他就会立即沿着长满青草的林间小道奔向自己的小屋,以便最后一次拥抱就要死去的孩子。当老爷爷喝了整整一周烈酒,生命垂危奄奄一息的时候,上帝会来到他的身旁替他赎罪。小孩子们会严肃地站在地板上观看,看着上帝是如何走近成年人的,并把这一切记在心上,以便传给下一代。在孩子们的心目中,上帝常常具有父亲的特点:年高、严厉、可敬。

但是,他们心中的上帝并没有出现在这个教义讲习班里。学习期间,学生有许多别的事要做;如果不想留级或者得个"有条件地通过"的话,就必须死背教义书,必须留神看管好自己的干粮。要注意自己的表现,不要在班上丢人现眼。当寄宿处的主人不在家的时候,孩子们晚上就会跑到村子的巷道里去胡闹。如果没有什么新花招,他们就会玩推人游戏。这种游戏有时开始只是斗斗嘴,但后来往往就真动起手来了。有一天晚上,出现了这样的情况:尤西·图奥利拉没有跟玩得正起劲的孩子们在一起,而是一个人在一边生闷气。这时候,牧师长碰巧经过那里。很明显,牧师长在怀疑没有参加游戏的尤西,尽管他当时什么也没说。当牧师长走了以后,孩子们就开始嘲笑尤西了。

"你的父亲是本杰明! 你的父亲是本杰明!"他们嘲笑地说。第二天,当牧师长发现尤西不懂洗礼是什么意思时,他就对他说:"听着,尤哈·本杰明的儿子,你这些晚上是怎样过的? 你在巷道里东奔西跑,对上帝的旨意却不好好领会。告诉你:别把我的话当作耳边风!"

其他的孩子站在一旁看着牧师长和尤西,目光中流露出幸灾乐祸的表情。

对尤西来说,在教义讲习班学习这段生活从头到尾给他带来的是失望,而不是入学前夕那天晚上他怀着期待的心情在厅堂里唱着成人歌曲时所产生的那种情绪。当然,偶尔在晚上一个人留在客厅里的时候,他也同样想哼唱一下。他的头脑虽还年轻,还未成熟,但它已经发育到能够通过幻想编织出一幅心目中的理想国的轮廓图的地步。但是,图画中处于主要位置的是图奥利拉庄园和这座教堂村,以及在它们支持下的教义讲习班所出现的那种杂乱无章的气氛。生活面扩大了,尤西好像也必须随着扩大他的生活范围。他的面前出现了一块巨大的空地,而他必须用什么东西加以充实。然而,他生活在尼基莱时所形成的关于教义讲习班的想象根本不适合这里的情况,当生活面扩大时,他的想象力反而收缩了。当他呆在这座干干净净的厅堂里的时候,他感到有点儿不自在,有点儿无可奈何。在朦朦胧胧的黄昏中,从窗口往外看,可以看见村里房子的屋顶,山墙和树顶。尤西全身心想的是他必须要有所作为。他觉得,在这里,哪怕是最小的疏忽也是不行的。不知道如何做好该做的事,这使他产生了恐惧感。

当接受圣餐的时刻到来的时候,尤西这种无可奈何的感觉达到了顶点。在这种情况下,他需要想到上帝,但是上帝似乎并不在场,而圣餐时吃的薄脆饼和喝的酒所产生的那种特别的味道只是使他稍微有点儿陶醉。从牧师长、神父和其他的孩子的表情看来,好像此时此刻上帝确实是没有必要出现的。这个场合占主导地位的是今年教义讲习班学生"成人后接受圣餐"这样一个庄严的时刻。

夏天即将过去,在一个星期日的晚上,这个殷实的村子里一派宁静。从明天起,图奥利拉庄园就要开始收割黑麦了。

所有的帮工都不在家,但尤西除外,因为他连帮工们享有的自由都没有。当然,他已经参加了坚信礼,是个成年人了——当他还没有亲身经历坚信礼的时候,对他来说,这个日子具有多么大的诱惑力啊!可是,当这个梦想实现的时候,他得到的又是多么少啊!实际上,主人对他并没有下过任何禁令,只是一直在使唤他或者骂他,但是,笼罩着这个庄园的气氛把他紧紧地索缚住了。从开始放牧起,这种感觉就越来越沉重地压在尤西的心头。特别是参加教义讲习班以后,他更感到难以忍受。就在两个星期前,主人在牧草地里又揍了他一顿。当他把此事边哭边骂地告诉别人,并且发誓年底前要离开图奥利拉的时候,一个佃农对他说:"噢!尤西明年不打算接受图奥利拉的雇佣了,是吗?"

"是的,我决不接受这个庄园的雇佣!"尤西哽噎着说。

"大概你今年还不是被雇佣的,只不过像雇工一样干活就是了。"这个佃农接着说,尤西感到这个人是在用他的话来讥笑他。他也发觉自己在庄园的地位有些特殊,而这一点他还没有完全搞清楚。那个星期日下午,周围一片寂静,尤西碰巧跟挤奶女工一起在厅堂里。这个女仆是个话匣子。她一边梳头,一边亲热友好地跟尤西说话,尽管在大庭广众之中,除了敷衍几句外,她是不会屈尊跟傻瓜尤西这样聊天的。尤西被如此亲密的接触所感动,于是他鼓起勇气,问了她几个比较微妙的问题,其中之一是:割草那天那些工人是什么意思,难道他不能像曼达那样想离开图奥利拉就离开吗?

"你知道得很清楚,离开这里你无处可去。"曼达一边把梳子对着阳光,看看梳子上有没有头发,一边回答道:"主人在闹饥荒那一年收留了你。在你还没有长大成人之前,你的想法就不能算数。"

"那我什么时候能长大成人呢?"

"嘿，跟别人一样，长到了21岁的时候。"

既然坚信礼没有给尤西带来什么希望，那就只得等到长大成人了。想到这里，尤西感到十分沮丧。他对曼达说："你也不要走，曼达。"

"我一定要走。我是不会再吃图奥利拉庄园圣诞节时吃的果酱了。"曼达回答道。她一下子又恢复到原来的神态，抬头挺胸走出了厅堂。为了享受星期日所带来的自由，她向着教堂村走去。屋子里只留下尤西一个人。他感到，他现在的心情与最初几周他刚到庄园时的心情完全一样。他坚信礼所带来的快乐一去不复返了，尽管他还是个孩子，但这种忧虑已经重重地压在他的心头了。他又回想起在尼基莱的生活，21岁……而现在他只有16岁，他的好日子为什么这么快就结束了！

当主人打开厅堂的大门时，尤西受惊了，他跳了起来。

"曼达哪儿去了？"

"我不知道。"

"好吧，那你就替我通知我的佃户，我要他们明天来收黑麦。"主人详细交待了尤西该去找的所有远处的佃户，并且补充了一句："你得好好干。"

图奥利拉的影响只局限于庄园范围之内，在庄园外的沙土路上，它就一点儿影响都没有了。星期日夜晚来临时，尤西走在砾石路上，脚步轻捷，嘴里还吹着口哨，他已经把自己想象成一个自由的雇工了。要不是云杉树顶上那刺眼的光亮碍事，他真想大声歌唱。现在只好等到迷雾从沼泽升起，夜莺啼叫的时候了……

自从尤西来到图奥利拉庄园以来，他从来也没有如此高兴地出游过。晚间，整齐的松林郁郁葱葱，到处生机勃勃，这美景使尤西那摆脱了枷锁的心情更加轻松。他想，他已经是个真正的雇工了，是个受过坚信礼的人了。就算他不能离开这里到别处去，那有什么关系呢？图奥利拉庄园是当地区最好的农庄之一,难道不是吗?"我已经可以睡在厅堂里了!"他心里想,"只要在什么地方弄到一个橱柜就好了……这里的主人就是我的舅舅,我死去的母亲的哥哥。我是住在自己的亲戚家,我不仅仅是个雇工。我用不着到别处去……如果你是个雇工,人家不要你,你就得走人。好在我现在能睡在厅堂里了。橱柜嘛,我还是要弄到手的,无论如何要弄到……"

他在一座满是石头的山顶上忽然看到了佃农聚居的村落的景色:田野、栅栏和房屋。在右边,远处森林边缘的上方孤零零地挂着一轮红日,夕阳仍然照耀在这片土地上。即使从山顶上往下看,也能很清楚地看出,这个地方充满着幸福和自由。很难想象,这里会有人吵嘴。在星期日的夜晚,人人都可以到他所喜欢的地方去,连孩子也是如此。这里佃农是这样的富裕,他们甚至自己也雇得起工人来干活。"如果我能在这里当一名雇工该有多好啊!"尤西心里想。无论如何,他也要尽量在这里多呆一会儿。

佃农鲁沃柯好像已经开始割麦了。工人们正在三块紧挨着的地里收割。收割者不时直起腰,从头顶抛出一把麦穗。一个老头子正把家酿的啤酒送给干活的人,其中一些很明显已经喝醉了。"要是他们打起来,要是有人打我,那怎么办呢?"尤西有点担心。

鲁沃柯实行塔尔卡①,因此在他的麦收现场,尤西找到了主人要他通知的几乎所有的人。他胆怯地走到这些人的跟前,像背诵记熟的课文那样复述主人的通知。有个老头子听了之后,瞪大了眼睛,甩了甩湿透的胡子,怪怪地撇了撇嘴。

"怎么,难道加莱的麦子已经开始掉穗了吗?"老头子气呼呼地问道。

---

① 塔尔卡:芬兰农村实行的一种志愿参加的互助形式。村民们集中到一个主人家,帮助收割牧草等作物或者建造和修理房屋,事后通常还举行酒宴和舞会。

"还没有掉穗,但是……"尤西怯生生地,甚至有点恐惧地回答道,不过谁也没有欺负他。他回到了路上,继续往前走,去找那些他在鲁沃柯的麦地没有见到的人。

这是个凉爽的夜晚,鲁沃柯家正在举行丰收舞会,尤西·图奥利拉也还在这里。当他把通知送到最后一个佃户家里时,他碰见了一个教义讲习班的同学,这个人把尤西强邀到舞会来了。当时,鲁沃柯家的客厅里格外地嘈杂、喧嚣,有人在哼唱,有人一边喝家酿啤酒一边与别人聊天。尤西一生中第一次意外地来到一个舞会,对他来说,此刻最大的希望是能躲在一个角落里,好不叫别人注意到自己。鲁沃柯家的客厅很宽敞,跳舞不成问题,小提琴的声音也很悦耳。原来世上还有不少地方比图奥利拉更有意思,更好。如果图奥利拉庄主夫妇也在这跳舞的人群中,他们会是什么样的感觉呢? 他们可能会认为这是十分荒诞的,甚至简直是可笑的。但尤西在这里却毫无拘束,非常自在。他好几次走到院子里闲逛,但是谁也没有欺负他,甚至还有人向他询问明天都有谁会去图奥利拉割麦子。他跟别人一样喝啤酒,还跟一个小伙子一起跳起了波尔卡舞,甚至还想再跳一次。尤西为了传达主人的通知才来到这里,呆了那么长时间,然而谁也没有对此加以过问。尤西觉得这是一个美好的夜晚,一生中最美好的夜晚。

然而尤西仍然不时地走到院子里,让自己的头脑清醒一下,他要保证忠实地、不折不扣地执行了所有主人的命令。站在院子里的时候,他透过朦胧的夜晚看到了那座小山。下午早些时候,他曾站在山顶上往下看到现在这块地方。尤西想,图奥利拉的人都睡了,主人不会发现他是什么时候回来的,所以自己是不会挨骂的。曼达还在这里,他要跟她一块儿回去……尤西一回到客厅里便径直向啤酒罐走去。他是个受过圣餐的人了。见鬼去吧,这跟图奥利拉老头子无关!

当然,如果让他现在走人,他也不在乎,但他不愿意一个人穿越树林走那么远的路。而曼达现在正是跳得最高兴的时候。看来她根本不想跟他一块回去。当尤西偷偷走近她,想跟她说话的时候,她总是假装没有听见。她坐在小伙子们的膝盖上。也许她会成为他们某个人的妻子吧?

午夜时分,尤西重新踏上了穿过松林返回图奥利拉的沙路。不过,这次他不是一个人。跟他一起走的有曼达,另一个乡村姑娘,还有五个小伙子。尤西是第六个小伙子,但是,他很清楚,他还不是一个成年人。当小伙子们开始搂紧姑娘们的时候,尤西也想学着他们的样子做,但曼达却粗暴地制止了他:"别那么不要脸!你还是个半大小子,吃奶你已经太大了,但要跟姑娘睡觉,你还太小。"尤西感到,他在这一群人中间是个累赘。别人容忍他,让他瞎折腾,只是因为他什么都不懂。

但尤西并不是什么都不懂。这一夜,他懂得了许多自己以往在晚上入睡前常常琢磨的事情。他懂得了自己以前在猪山上玩过的那些游戏是多么幼稚,多么恶心。

这批人走进村子。尤西的心剧烈地跳动起来:他发现这伙人对图奥利拉一家充满了反感。图奥利拉的影响开始在尤西身上表现出来,而且越来越强烈,甚至可以说它正可怕地向尤西袭来。与此同时,刚才跳舞的情景好像是在害怕什么似的,正飞速向后退去,直到逐渐消失。尤西想起自己今晚喝了酒,不过醉意正在消失。如果他现在可以选择的话,他宁愿办完事就早点回家上床睡觉。他感到,夜晚如此凉爽,真叫人充满睡意,而且他的肚子也饿了。这帮人大概是不会对尤西这样一个小家伙友好的。他以后再也不去跳舞了。

当这帮人朝着图奥利拉家的阁楼走去时,连尤西也无法摆脱他们了。虽然曼达有点粗暴地叫尤西滚开,但他就是不敢走。小伙子们跟姑娘们一起打情骂俏,甚至还有一个人想把梯子架到阁楼的入口处,但就在此刻,梯子发出一声巨响,倒了下来,响声震动了整个院子。

小伙子们立即四散逃去。厨房的门打开了,主人的身影出现在门旁。

他手里拿着一根粗棍子飞快地跑到了阁楼前面。小伙子全都跑掉了，尤西钻到了草棚底下，只有曼达一个人留在原地未动，主人凶狠地叫了他一声，但没有跟着过来。

尤西听到了主人同曼达的交锋。

"工作日的白天，这里的活儿是归你管的，至于星期日和夜晚，那可是我的。"曼达理直气壮地大声嚷道。

直到听到主人已经走远，曼达也已上了阁楼，尤西才从躲藏的干草棚下爬出来，朝着厅堂蹑手蹑脚地走去。但是，主人突然出现在他的面前，手里仍然拿着那根粗棍子。

"看我怎么收拾你……"主人只说了这一句话，接着就一把抓住了他的颈子，用棍子使劲揍他的屁股。刚才那帮小伙子听到了尤西的喊叫声，他们心里真不是滋味。这不是因为他们可怜尤西，而是因为他们因为自己的胆怯而羞愧，竟然不敢跟主人作对！似乎连尤西都不如呢！

他们终究没有站出来为尤西说情，因为他们还打算过一会儿溜进曼达的阁楼呢！尤西躺在床上，咬紧牙关，才能忍住不叫出声来。每当木棍留下的伤痕阵阵作痛时，一股羞辱感就涌上心头。在尼基莱度过的童年的回忆，目前在图奥利拉的处境，教义讲习班和刚刚结束的舞会，这一切像一团乱麻在尤西的头脑中盘旋萦绕……

"我以后的命远究竟会是怎么样？"

尤西很想知道。

第二天，尤西被派到麦地里去捆麦子。人们对昨晚发生的事情议论纷纷。一些含沙射影的刺耳话不断传进他的耳朵。收割完后他又被派去脱粒，而后被指派去犁地，接着又是收拾栅栏……冬天来临了，要砍伐树枝，出厩肥……

"我以后的命远究竟会是怎么样？"这是尤西一生中最根本的问题。

每当他的思想和行为与他周围的环境发生碰撞，并使他感到沮丧的时候，这个问题就会自己冒出来。

生活还在飞速前行，图奥利拉庄园比别的农场要领先一步。图奥利拉家的生活方式，比如说，跟尼基莱农场相比就有明显的差别。图奥利拉庄园有两排房子，一排房子里有雇工住的堂屋，还有小客厅、厨房和两间小屋，主人的母亲带着未出嫁的女儿住在里面。在另一排房子里有面包房、主人的卧室以及供外来牧师及其他尊贵客人留宿的几个好房间。晚上，不论是厅堂还是面包房都点起了煤油灯，那柔和的、持续不断的光线可以把传说中的小妖精都从最远的角落里驱赶出去。

有一次，一个流动商贩寄宿在图奥利拉。这个老头很怪，很狡猾，即使你瞅准时机，乘他不备时猛然发问，也休想从他嘴里得到一个直率诚恳的回答。他的箱子里有漂亮的胸针和印满民歌的歌集。他能对任何事情作出准确的判断，但当他谈到有关他个人的事时，他却是令人气愤地守口如瓶。跟其他人一样，雇工塔维蒂也清楚地懂得，世界就是靠欺骗来维持的，但他还是想杀杀这个老头子的威风，因此他便把话题引向他所熟悉的圣彼得堡铁路的建设工地的事，以及那里的某个有名的监工的情况。

"噢，你大概说的是梵帝宁吧！"老头立即响应道。于是，在塔维蒂和这个老头之间，一场较量静悄悄地展开了。关于困难时期冬天发生在铁路工地上的肮脏勾当，他们俩谁都想表示自己的了解要比对方更多，特别是那个把死了的工人仍保留在领饷名单上的监工梵帝宁的勾当。

通过塔维蒂和老头之间的谈话，听众们可以感到另外一个更大的世界的气息。当他们俩出现沉默的时候，人们就好像听到一个来自远处的新时代崛起时发出的轰鸣声。雇工们先后走到面包房去吃晚饭，在他们的头脑里开始产生一种简单的自豪。看看塔维蒂，他摆出一副比主人更了不起的派头。然而，当他们走进面包房时，他们发现在隔壁房间里的主人正在把一份报纸放到桌子上，报纸首页的上方印有这份报纸的名字：

《芬兰女儿报》①。

　　主人究竟还是比那个流动商贩更加令人感到高深莫测,因此他也要比塔维蒂更了不起。虽然买主络绎不绝,但谁也弄不明白,为什么农庄的林地主人就是不卖林地。就连泰凡拉农庄主都把他的林地卖了,而且卖了 1500 马克呢!整整 1500 啊!而图奥利拉呢?主人却总是逼迫佃户把林地管理好。难道他指望卖到比 1500 还要多的钱吗?

　　主人对尤西的管教开始放松了一些。尤西现在的处境基本上同其他的雇工一样了。他的身体在不断发育,变得越来越强壮,但智力却没有什么变化。他已经能胜任指派给他的日常活计了,但他本能地感到主人总在疏远他。他第一次修理挤奶桶时就把这事儿办砸了,但是东家并没有发火,只是不满地笑了一笑。以后每当有人建议委派尤西干点重要的事情时,主人就会别有会心地一笑。

　　主人不希望大家联想起他和尤西的亲戚关系,他看不起尤西身上所表现出来的那种软弱性。这种态度比原来的严厉更为令人压抑。尤西时时刻刻都感到主人是乐于随时让他离开图奥利拉的。但是他能去哪里呢?

　　主人们对他漠不关心,这使尤西感到他要更加小心谨慎,但他尽可能不让人觉察出来。每逢星期天,尤西都觉得很最难办,因为他弄不清楚,他是不是像其他雇工一样可以到村里去,要是留在家里,又觉得自己一个人留在厅堂里显得太扎眼了。早上,人们吃过早饭,便把平时穿的靴子涂上油,动身到村子里去了,只有尤西孤零零地留在空荡荡的厅堂里。女主人从她的房间走到了厅堂,想检查一下厅堂是不是打扫干净了,床单是不是都换过了。临走时,她漫不经心地叫尤西拿本书来看看。她一边说着,

---

① 《芬兰女儿报》:这是亲芬兰派出版的报纸,主张以芬兰语取代瑞典语作为政府机构和教育阶层使用的语言。

一边却把目光转向别处,好像是在没话找话似的。

圣诞节快到了,尤西知道,今年他是不会被赶出图奥利拉庄园的。圣诞节的假期拖得很长。有一天,大学生们到村里来演戏。主人带着夫人驾着叮当作响的雪橇前往观看。当主人不在家的时候,尤西就在厅堂里放声歌唱,还试着跳波尔卡舞,然后就肆无忌惮地到邻居家作客,他在口袋里装满了李子核,不时掏出来放到嘴里吮一吮。邻居家的院落很小,也很破旧,有点儿像尼基莱的老房子。按照古老的圣诞节习俗,这里的墙壁和天花板四周都用亮晶晶的白色松木条点缀起来,在铺有台布的桌子上摆着一条火腿,一篮子面包和一个盛满家酿啤酒的罐子。天花板下挂着用麦秆编织的草环。主人是一位和蔼可亲,善于言谈的老人,他亲切地称尤西为尤哈,并且像对待老乡一样对待尤西。欢快的圣诞钟声不时地从街上传来。尤西喝了点热酒,像上次那样,他又感到了一点乐趣和自信。

圣诞节过后尤西并没有被赶出图奥利拉,第二年的春天和初夏他也没有被赶出去。直到秋天即将来临,他才被赶走。

图奥利拉并不像当时许多农庄主那样轻率地卖掉树林。泰维拉的树林一砍倒,他就把自己的树林跟他的林子进行了比较,甚至当大批原木被堆放在冰冻的湖面上等待解冻后运走时,他仍在仔细观察。他当然也打算卖掉树林,但他要等待一个最合适的时机。结果,当附近大多数林子都已经进行了第一次砍伐之后,他才卖出自己的树林。他所卖的价钱使所有的人大吃一惊,这位精明的庄园主因此引起了当地人们的普遍注意。可以说,嘉莱(他自称卡尔)·图奥利拉的发迹,嘉莱·图奥利拉之所以能成为当地颇受器重的人物,就是从这第一笔成功的买卖开始的。

这笔买卖的另一个后果是尤西不得不离开图奥利拉。

大发横财的图奥利拉农庄主的内心发生了很大的变化。从闹饥荒的那些年起,他变得越来越有钱。由于最近这笔成功的买卖,他更是身价倍增。归根到底,富裕仅仅是尘世间一种最明显的幸运,而幸运总是意味着考验。现在的问题是,你有没有足够的勇气来接受幸运所带来的考验?图奥利拉夫妇现在越来越习惯于跟当地的社会名流交往,而在这个圈子里,方兴未艾的芬兰民族复兴思想所产生的影响正在日益扩大。图奥利拉夫妇很快就意识到这种思想的全部力量和意义,这种思想所开辟的前景更加增强了他们身上那种自发的自尊心。在芬兰民族复兴的光辉照耀下,连树林的价钱都有了特殊的意义,富有似乎可以使人们显得更加高尚。在这个时期中,图奥利拉夫妇总是处于一种发自内心的,但还能控制的欢快状态之中。

然而,这样的情绪需要有一个能发泄的场所。应该考虑的是,所选择的场所务必是冠冕堂皇的。夫妇俩对此讨论了很多次,最后决定在秋天到来之前,在图奥利拉举行一次宴会。除了邀请他们这个圈子里的人以外,他们还要邀请那些预计会来参加这种隆重宴会的乡绅。要知道,教区里有几个瑞典语家族,他们的名字很绕嘴,而且总是摆出一付趾高气扬的架子,瑞典语家族从来不参加过这种乡间宴会,但图奥利拉夫妇还是决定邀请他们,即使应邀来参加的人中间有一些是亲瑞典派人士,但是他们大多性格活泼,天性善良,图奥利拉夫妇相信他们是愿意出席宴会的,在喝了潘趣酒之后,他们还可以跟亲芬派讨论讨论语言问题[①]。

客人到达的那天,图奥利拉正在打场。午饭后,尤西被吩咐留在家里,把自己身上的衣服收拾干净,以便迎接客人并照看他们的马匹。

那天天色阴暗,天气有点儿捉摸不定。尤西在院子里等待客人们的到来。经过很长一段时间的等待之后,他的心里又出现了他在图奥利拉

---

① 语言问题:直到 20 世纪初,芬兰人虽有两种语言:芬兰语和瑞典语,但瑞典语仍保持其主导地位,说话著书都用它,而芬兰语仅流行于民间,除了宗教的和小学教科书以外,没有芬兰文字写的书。19 世纪 20 年代起,随着芬兰民族觉醒运动的发展,语言问题就成了亲芬兰派和亲瑞典派争论焦点之一,Snellman 等人要求以芬兰语取代瑞典语作为政府机构和教育阶层使用的语言。

所特有的那种羞耻和无依无靠的感觉。那天晚上，自己到底应该干点什么，他心里并不太清楚。他只知道，这种轻微的压抑压是由图奥利拉主人头脑中的想法所引起的。尤西又一次想起，主人是他的舅舅，是他母亲的哥哥。当图奥利拉庄园整天笼罩着成功所带来的兴奋时，这种想法却越来越频繁地浮现在尤西的脑际——主人的成功似乎是通过一种不正当的途径取得的，所以他不敢正视尤西的目光，尽管自己是他亲妹妹的儿子。今年夏天，有一次尤西大胆地以一个成年人的口吻，谈起了主人那笔很成功的树林买卖。当时，主人以非常直率甚至极其亲切的目光看了他一眼，这目光对尤西说来简直比挨一巴掌都要难受。现在主人安排了这次宴请，让他在大白天就换装接待客人。而主人自己则把脸刮得干干净净，穿着燕尾服，在院子里到处转悠。每当他走过尤西的时候，他总是摆出一副不屑一顾的架势，好像他根本不想让尤西谈论有关庆宴的事。

第一批到达的客人是教长和他的夫人。他头戴丝绒帽，身穿白色领子的长袍。在他马车的后座上坐着一名由教区赡养的大学毕业生，名叫康得利。今天他看上去比往常清醒。为了痛饮一顿，他几乎动用了武力才挤进了教长的马车。几乎是同一时间到来的是一个小教堂的牧师。他是一个老头子，戴着一顶黑色的圆帽，身着破烂不堪的外衣，看上去脾气很暴躁。他娶了自己的女仆为妻，因此他总是独身赴宴。接着狩猎官①到了。他是农庄主出身，学过瑞典语，贫苦老百姓都怕他，也都恨他。在随后来到的客人中，大部分人都是老一辈教民们仍然牢牢记在脑袋里的人，这些教民们还很乐意谈论他们的性格特点。

尤西负责照看马匹，他不时地给牲口添草、饮水，仔细观察和比较着各式各样的马车，同时他总觉得他干的这个活很无聊，不能算是真正在干活。直到黄昏来临，屋里酒宴上的讲话声越来越响的时候，他才感到轻松了一些，尤其是当看热闹的人们开始在院子里晃来晃去的时候更是如此。

---

① 狩猎官：负责管理本地区森林和狩猎的小官吏。

这些人中有尤西认识的人，他们大多是来自佃户村的孩子。其中有一个叫做库斯塔夫·托依伏拉，来自远处林中的一间小屋，他是尤西教义讲习班上的同学。这时，康得利先生忽然被强行拖出了屋子，他只能紧靠着地窖的侧壁抽泣。看到这一切，孩子们都忍不住窃笑。最后，屋子里出来一位先生，他用瑞典话严厉地训斥康得利。康得利放声大哭，并且用芬兰语回答道，这批老爷里谁也没有资格给 Snellman[①] 擦鞋！

谁是 Snellman？孩子们听了大吃一惊，因为他们从来也没有听说过教区里有一个姓 Snellman 的先生。

尤西从午饭后到现在还没有吃过东西。他又饿又困，十分难受。但是，当他在庭院里跟这群小朋友在一起的时候，他很快就把这些烦恼忘得一干二净。尤西是图奥利拉庄园的一员，他认为自己和这群朋友起码是可以平起平坐的。随着夜晚的来临，这种感觉给他带来了一种崭新的、前所未有的欢快。在图奥利拉这个夜宴的喧闹声中，17 岁的尤西生平第一次体验到自由的味道。不知为什么，当同伴们在他周围嬉戏的时候，尤西的脑子里突然闪过这样的一个念头：他在这个世界上完全可以独立自主了。尤西在图奥利拉住了那么多年，经历过那么多的坎坷，现在图奥利拉举行这样大规模的宴会，虽然他跟那些正在宴会上纵情畅饮的老爷们没有任何共同之处，但他跟这些孩子们却有许多共同点。当他站在后院里跟来看热闹的孩子们一起开玩笑的时候，他的心中有点怨恨，同时出现了一种奇怪的、无所畏惧的感觉。他显得比以前任何时候都要活泼、健谈。

尤西带着库斯塔夫不时地走进厅堂。即使在厅堂里，他们的眼睛仍在不停地搜寻，看看是否可以搞点恶作剧。但是，当他们在尤西的床上发现熟睡的康得利先生的时候，两人都大吃一惊。他们悄悄地走近床边，想借这个机会仔细地观察一下这位先生的相貌。他的确是一位地道的绅

---

① Snellman：J. V. Snellman 是芬兰 19 世纪著名的政治家和哲学家。他是芬兰语言和文学的热情宣传者，他的伟大理想是统一芬兰民族，此理想最终得到了实现。

士,尽管他有时也会喝得醉醺醺。这位先生曾经因为纵酒过度丢掉了教师的职位。尽管如此,他读的书还是要比税务官多,几乎跟教区牧师长一样多。注意,他睁开眼睛了!孩子们又悄悄地从厅堂里溜了出来,肩并肩地向着后院的安全地带飞奔而去,其他的孩子之前刚刚从那个角落溜走。

尤西和库斯塔夫就此成了好朋友。库斯塔夫那对褐色的眼睛在帽檐下闪闪发光,命中注定要成为尤西·托依伏拉的尤西毫不客气地向他打听起各种事情来。尤西得知,为了方便明年冬天运送原木,一条通往图奥利拉林地的铁路即将开始修建。库斯塔夫也打算到那里去工作。库斯塔夫身上表现出来的那种自由自在的气概使尤西神魂颠倒。他很想知道更多的情况,但是库斯塔夫故意在他面前摆架子,不愿意再说下去,而是开始四处张望,寻找恶作剧的机会。他的一双贼眼滴溜溜一转,目光就落在马车的轮子上。他问尤西:"你知道哪儿有板钳吗?"

"当然知道。"

当他们找到板钳后,库斯塔夫便开始动手拧马车轴上的螺母。他并没有把螺母全部拧下来,只是把它们拧松,一辆车有两个轮子,他只拧松其中一个轮子上的螺母,另一个轮子则原封不动。尤西一边眼睁睁看着库斯塔夫拧螺母,一边反复地求他:"天哪!别拧了!"但库斯塔夫却不声不响地继续拧他的螺母,直到拧完最后一个,才果断地扔掉板钳,消失在黑暗之中。

尤西实际上并没有参与库斯塔夫的恶作剧。他知道这会造成什么样的后果,他心里很害怕,要不要马上跟着库斯塔夫逃跑呢?他有点儿犹豫。尽管如此,他还是回过头去找板钳。找到后,他赶紧把被拧松的螺母挨个重新拧紧,而且不时仔细倾听周围的动静。当他总算拧紧了大部分车轮上的螺母,正要检查最后剩下的两个轮子时,忽然听到第一批客人走过来的脚步声,他只好急急忙忙地溜掉了。

他神不知鬼不觉地走进了厅堂,康得利还睡在他的床上,他只好走向灶台后面为女仆准备的空床。他蜷缩着身子躺在床上,心里怦怦地乱跳。他在等待着将要发生的事情,震耳欲聋的爆炸声似乎随时都会传来。但时间一分一秒地过去了,他所听到的只是滴答滴答的钟声和康得利的鼾声……康得利刚才因为一个叫 Snellman 的人而大哭一场。

最后,传来了东家的脚步声,门开了,尤西听到有人在问:"塔维蒂在这儿吗?"

厅堂里没有人回答。塔维蒂有私事出门了。但主人还是走进了客厅,他看见了尤西。怒火中烧的主人对尤西以拳头相威胁,还咬牙切齿地诅咒他,但主人最后还是控制住了自己,接着他就离开了,尤西仍然蜷缩在床上,继续等待着。至于逃跑,他连想也没有想过。

过了半小时,主人又走了进来。他走到尤西的床前,一把抓住他的头发,把他拖到地板上。当尤西试图抱住他的胳膊时,主人说:"好啊,你还想打架!"

主人气得暴跳如雷。为了即将来临的议会选举,他已经在心中秘密地进行了谋划,谁料昨晚的宴会结束得如此糟糕!

这是个不祥之兆!牧师长的马车刚刚行驶到第一个拐弯处时,一个车轮就脱离车轴飞了出来,把牧师长摔得遍体鳞伤。教长在爬上马车前,车轮就掉了下来。这就引起了狩猎官的注意,他及时地检查了自己的马车。节日般的夜晚顿时黯然失色,变成了最大的不幸。这一切都是尤西这个坏小子的过错,主人收养了他好几年,除了不得不反复想起自己卑贱的家庭出身,什么好处也没得到,尤西这种笨拙的样子好像一直是他成功路上的绊脚石。

主人和尤西之间的吵闹声把康得利惊醒了。

"没关系,我大概是睡在这小子的床上了。"康得利睡意惺忪地低声说道。

"康得利先生,您躺您的。他再也用不着这张床了。"主人说着,一边把尤西推出门外，一边对着尤西说："滚吧！你从哪儿来还回哪儿去吧！"

当尤西来到树林深处的托侬伏拉家时，天已放亮。初升的太阳穿过树林照射着松软的林间小道，上面布满了像长长的藤蔓似的松树根。尤西觉得，这次他挨的打后没有去年夏天舞会后挨的打那么疼。他心中暗想："我要让你瞧瞧我的厉害，你等着瞧吧！"

他一边想一边勇气就上来了，尽管他并不知道他能给图奥利拉什么厉害。由于饥饿和激动，他的情绪逐渐平静下来，同时泪水也从这个 17 岁的孩子的眼睛里流了出来。在这样的清晨，雾朦朦的深山老林唤醒了他对儿时某些点点滴滴的回忆。

他已经进入了这样的青年时期：曾在童年时见过他的人一眼还能认出他来，在尤西生命的最后几年见过他的人也同样能一眼认出他来。可以说，这是尤西朝着正在遥远的未来等待着他的命运走出了决定性的第一步。

走向成年

Chapter 3

在托依伏拉，尤西并不是一个特别受欢迎的客人。特别是那天早晨他来访时间还很早，托依伏拉一家人还在睡觉。当他们认出这是尤西·图奥利拉时，他们以为他出了什么毛病。尤西不得不多次向他们保证他没有出什么毛病。

"那么你为什么要到这里来呢？"

"没有什么特别的原因。"尤西回答说，羞怯怯地笑了笑，不知道应该再说些什么。库斯塔夫母亲米娜急急忙忙穿上裙子，而且很快就发起脾气来了。库斯塔夫昨晚去了图奥利拉。米娜带着怀疑的目光朝着她儿子睡的那张床看了看，这还是大清早，库斯塔夫还趴在床上睡懒觉呢。米娜问道："你们这些捣蛋鬼，这次你们又闯了什么祸？"

托依伏拉是在图奥利拉庄园的地盘上，因此她必须谨慎小心。

这座木屋的主人是个老头儿，脸色憔悴，身体干瘪，看起来很虚弱。他只是从床上看了尤西一眼，很明显，他不打算用别的方式介入这件事。米娜猜不透到底出了什么事。尤西想摆脱僵局，但他唯一会做的就是一个劲地傻笑，根本无法作出令人满意的解释。米娜那毫不掩饰的惊诧使尤西感到不安。为什么她不让他感到在这里就像在家里一样呢？这样一来，不是什么问题都可以解决了吗？

最后米娜说："好吧，不管你是从哪里来的，现在你就睡到老头子旁边去吧！"

她开始穿衣服。尤西脱了靴子和外套，躺到米娜刚刚腾出来的地方，躺在那个默不作声的老头子旁边。他曾经来过这里，不过，那时候他是奉图奥利拉之命来传达主人的吩咐的。经过这个不眠之夜和感情上如此剧烈的动荡之后，尤西的头脑里萌生出一种特别陌生的感觉：他对跟这家人突然形成的这种强制性的关系十分讨厌……他甚至对刚刚发生的一切感到后悔。就在他快要睡着的时候，他在脑海里看见了尼基莱，他的老家的景象忽然栩栩如生地出现在眼前，仿佛一点儿都没有变。这是他那疲倦的大脑为了自身的休息而产生的幻象，目的是为了把他的灵魂从最近几年的经历给他套上的枷锁中释放出来，他的灵魂为此已经不自觉地挣扎很久了。那年冬天的早晨，玛依娅把雪橇停在尼基莱家的门前，将最后的一点东西装上去，这场面让年幼的尤西久久难以忘怀，从那以后，他的灵魂就持续不断地被这个印象束缚，尽管这是很久很久以前的事了。

尤西有整整七年没有这样酣睡过了。过了一会儿，他在梦中就不再"看见"什么了，但在他的头脑深处，思绪却像激流那样正从现在涌向过去，好像他那深邃的自我是后退着走向未来的。

尤西的人生已经进入一个艰难的转折点，现在他又得从头开始了。摆在他面前是漫长而渺茫的岁月，这是通向未来的、神秘莫测的岁月。要是尤西的生话能够就此结束就好了……

尤西一觉睡到了晚上。当他慢慢地醒过来之后，他首先发现，自己是半裸着的。他的周围笼罩着一种奇特的、很不自然的气氛。已经不是早晨了，这家的主人——那个神秘的老头正坐在灶台旁的长板凳上，米娜在屋子里忙忙碌碌，嘴里说个没完。他们的小儿子库斯塔夫和大儿子依萨基正在吃饭，很明显，他们是刚回到家里。尤西马上又一次意识到，他跟这家人和这家人的生活有着一种很奇特的关系：即使在生活条件如此简陋的家庭里，他也必须低着头做人。他悄悄地醒过来，谁也没有发现。为了不让自己太尴尬，他本能地做了一个表示困倦的动作，装作立即又睡着了的样子。

这时，他听到米娜用很自信的口气对着家人说："我对东家说，他现在在我们家里……我说，我是想来了解一下……我想我是不会收养别人家的雇工的……我还说……"

"那么，图奥利拉庄园主说什么了？"依萨基问道，他的头几乎全都埋在酸奶桶里了。

"他只是说，这个混蛋在哪儿对他来说都无所谓。但我对他说，您可不能把亲骨肉就这样赶出家门,他身上只穿了一件破旧不堪的衣服……我问图奥利拉……他还有没有别的衣服吗?万一他找到了工作,那他还可以换一换衣服……我说……你别指望我白白养活他!我说……至少他今天不用离开我家。如果他还有什么东西,那我当然要拿走……"

　　这番连珠炮似的讲话使尤西安下了心,因为他从中得知米娜已经去过图奥利拉庄园。他所担心的事情像一块石头一样最终落在了地上。米娜还把他的衣服都拿来了,但是,关于拧螺母的事她却一点也没提起。库斯塔夫则一声不吭,只顾吃他的饭。

　　"那么,图奥利拉一个钱也没给吗?"依萨基问道。

　　尤西闭上了眼睛,但他还是能够感觉到米娜先朝他的床瞥了一眼,然后才用另一种口气答:"哦,我后来对东家说:最好还是给他点钱吧。东家想跟我打岔,说什么工钱他可以自己来要。我说,这里他是不会再来的……我说……女主人走出来,拿来了 20 马克。就是这个钱,不过,谁也别跟尤西说这件事。"

　　米娜朝尤西睡的方向晃了一下脑袋,沉默了一会,接着她又用原来的口气说道:"你们想想看,这有多可恶,他把好几个车轮上的螺母给拧松了!这小子看起来傻里傻气,好像在梦游似的……谁会想到他竟干出这种事!库斯塔夫,你昨晚肯定没有参加,是不是?你要是干这种事,我可决不会饶恕你的……"

　　"我从来也没有碰过别人的螺丝钉。"库斯塔夫含含糊糊地回答道。

　　尤西现在开始假装苏醒过来了。他伸了伸懒腰,哼了一声,并且咂了咂嘴。米娜朝他的方向瞅了一眼,脸上的表情同她刚才所说的话毫不协调。

　　"啊,我们这位拧螺母专家可要起床了!"

　　米娜刚才那些话使尤西更加觉得他跟这家人是格格不入的。不管怎么样，在图奥利拉呆的这七年，对尤西来说并没有白过。托依伏拉家的人贫穷而又狡猾。连惹出大祸的库斯塔夫对他也很疏远，看他的样子，好像希望尤西能赶紧去别的地方，而不是总待在他家里似的。要是尤西知道去哪里那就好了！可是，图奥利拉给的20马克还在米娜手里呢！

尤西喝了点咖啡，然后吃晚饭。虽然他有一天多什么也没吃，但此刻他一点食物也咽不下去。睡觉的地方已经收拾出来，就在窗户下面的长凳上。凳子又硬又窄，另外，也不用脱衣服。虽然已经睡了一整天，他仍然感到十分困倦，所以他一躺下就又睡着了。夜里，他从长凳上掉了下来，就干脆醒着躺在地板上。他在黑暗中望着秋天的夜空，听着别人的呼吸声。在他们的呼吸声中，尤西同样有一种令人厌烦的陌生的感觉。在他醒着的时候，他发现只有在这样的时刻他才弄清了到底发生了什么事情。

托依伏拉家就在图奥利拉卖了好价钱的树林里。圣诞节前就可以开始砍伐树木了，托依伏拉一家人迫不及待地期盼这一时刻早早到来，伐木季节会给他们提供就业的机会。而且，当伐木工集合在一起的时候，这里的生话就会热闹起来。只有米娜偷偷地感到不高兴，因为她已经太老了……要是她稍微年轻一点，那有多好啊！不过，就算她已经老成这样，她也还是要为伐木工们助一臂之力的。

尤西被允许继续住在他们家里。

院子里正在盖一间新屋子，屋顶、木墙和灶台都已经砌好，现在还缺窗户和地板。秋季来临时，依萨基就已经一点儿一点儿开始盖了，现在尤西被派去帮他一起干。但是，伶牙俐齿的米娜明确地对他说，这类杂活绝对不够抵销他的收养费，不过他很快就会有赚大钱的机会，所以她现在才会愿意收养他，尤西将来的工资可以补偿这一段的费用。

听她把话说完后，尤西心里很不好受。夜里躺在长凳上的时候，他的心里也很难受。

然而，就在一个不起眼的星期日，在教堂礼拜结束后，托依伏拉家的生活突然发生了变化。两三个小时之内，将近 50 个工人来到小屋，他们都带着锯子、斧头和干粮。院子里熙熙攘攘，十几匹马拉着的装满货物的雪橇被临时安置在木屋旁。路上那些乱七八糟的东西都被挪到一边，院子里一片操外地口音的说话声。一个身材矮小，面色红润的人向屋子走来，他是伐木队长。尚未进门，他就大声嚷嚷起来，沉默寡言的托依伏拉被吓了一跳，含含糊糊地嘟哝道："哎，老婆子，咖啡还热不热？有客人来了！"

"怎么搞的，我连知都不知道今天要来客人！"米娜连珠炮似的说，好像一下子年轻了二十岁。

"最好的客人才不邀自来呢！"

到了晚上，托依伏拉已经完全变了样。米娜一开始对工人摆出了一副凶神恶煞的样子，但是这一套现在也不起作用了。米娜也被人群所吞噬。一般情况下，她说话总是滔滔不绝的，而现在她的声音几乎听不见了。这些伐木工人并不想弄清楚这家的陈规陋习。当有人对着温顺沉默的老主人大声喊叫"老爷子"的时候，听起来很奇怪，因为平时从来也没有人会跟这个木头人说话。晚上，当米娜警惕地在各个角落转来转去的时候，伐木队的人直截了当地对她说，他们中没有人是三只手，他们是不会偷东西的。要是万一有人真的长出另一只手，不管这个人是谁，他们就会立即把这只手剁掉。

第一夜是凑合过的，厅堂和桑拿屋的地上都挤满了人。

"这里太挤了，"队长躺在麦秸上伸了伸身子说，"好在新房子已经盖了一半了。"

第二天早晨，奇迹出现了。所有工人一起动手突击修建这座快要完工的木屋。有人说教堂不久前刚修理过，那里的旧玻璃窗可以买来用。

于是,那个小个子的盖诺宁——听说这就是队长的名字——便立即起身去教堂购买玻璃窗。傍晚之前,新房子就盖好了,并且第一次生了火。第二天晚上,大部分伐木队员就搬了进去。

星期一早晨,整个伐木队去勘察现场,看看图奥利拉卖给罗森莱维的云杉树到底长得怎么样。集合的时候,米娜当着队长的面恶狠狠地数落着尤西:"怎么,难道你自己不想方设法找工作吗?你是要等着别人专门来请你不成?你在这儿吃闲饭已经有好几个星期了!"

"拿起你的斧头!只要你有一双手,就跟我们走吧!"盖诺宁一边拍着手套,一边说道。

当队长朝院子里走的时候,他问尤西:"年轻人,你叫什么名字?"

尤西起先不清楚队长是说哪个"年轻人",所以他反问:"你问谁?"

盖诺宁抓住尤西的胳膊说:"就问你!你的名字是什么?"

尤西感到有点儿摸不着头脑,队长又是叫他年轻人,又是叫他报自己的名字。

"噢,你叫尤西,那么你姓什么?"

这可是一个新问题。他从来也不需要姓,从来也没有人用姓称呼他。这指的是不是受洗礼时起的第二个名字?但尤西心里没有把握。

"你的家的名字是什么?"队长问道。

尤西向四周看了一眼,然后回答道:"托依伏拉。"

这样一来,从前的尤西·尼基莱,后来的尤西·图奥利拉,现在就变成了约翰·托依伏拉。他就是用这个名字领取了他的第一次工钱。但是许多问题接踵而来。尤西没有手套,也没有砍刀和锯子,他只好先向伐木队领,工具的钱姑且记在第一次发工钱的帐上。第一天时间过得很长。他的脑海里好多次掠过这样的想法:除了托依伏拉以外,他没有别的更好的地方可以待了。

圣诞节又快到了。这时伐木工的生活已经走上正轨。大多数伐木工人仍然住在新屋里，因为窗户用的是教堂用过的玻璃，所以他们都把这间屋子叫做"上帝之家"。到了晚上，工人们在这里打牌，所以这里总是热火朝天。有时候小贩来做买卖，听说还有些姑娘们也找上门来了。尤西仍然跟老头子们一起睡在原来的厅堂里，一种莫名其妙的孤独感仍然折磨着他。米娜对待工人仍然是一开始所采取的那种态度，总是想方设法地找茬子。她是怎么对待尤西呢？她简直恨透了他。工作时尤西是依萨基的帮手，而他们俩的工钱却由依萨基领取。头两次领工资时，尤西连一分钱都没看到。尤西在托依伏拉家吃饭，但托依伏拉家的人从来也没有告诉过他该交多少饭钱。据他所知，他的工钱跟依萨基一样多。那么，为什么依萨基和当车把式的库斯塔夫都那么有钱，而自己却穷得一文不名呢？有一次他向库斯塔夫问起了有关工资的事。

"钱是依卡（依萨基的昵称）打牌赢的。"库斯塔夫以内行的口吻说道。他从一开始就对尤西极其冷淡，总是摆出一副傲慢的样子。他好像完全忘记了自己在图奥利拉举行的晚宴上的所作所为。每当尤西想通过提起他们俩所做的恶作剧以和他拉近距离的时候，他总是装聋作哑。这次，当尤西抱怨没有拿到钱的时候，他气呼呼地说："你要钱干什么？钱都让妈妈拿走了，因为你一直住在我们家。"

"我是住在你们家。我知道，你们还从我主人那里拿了 20 马克！"尤西气愤地说。

库斯塔夫对此却莫名其妙地大发雷霆："噢，原来你是个偷听的小人！"

尤西觉得，好像整个伐木区的人和他们的队长都站在库斯塔夫一边似的，而他自己却孤零零的，说不定还会挨一顿打。

队长是一个爱开玩笑的人。大概从来没有人听过他认真地或者直截了当地讲述一件事情。但是，就在这种嘻嘻哈哈的背后，在他的内心却隐藏着一种难以觉察的个性，而这种个性恰好是他的部下所不具备的。很难说这究竟是怎么回事,但是有一点是清楚的:他才是队长,别人都是他的部下。工人们跟他都很亲近,但是要想找出谁跟他最亲近,他们就一筹莫展了。他们也许会发现,他对所有的人来说都是神秘莫测的。

米娜认为,她是最接近队长的人。没有人能像她那样无拘无束地跟他开玩笑。盖诺宁看穿了米娜的各种花招,而米娜也看穿了盖诺宁的把戏。但是,有一个米娜耍弄的花招,盖诺宁却并不知道,她因此认为她要比盖诺宁高明得多。但是盖诺宁找了一个机会,干净利索地打消了她的这种念头。

事情是这样的:盖诺宁碰巧发现尤西一个钱也没有,不久前刚刚发了工钱,尤西不可能这么快就把钱都花完了。

"在这里的树林里,一个人身上不能没有钱,难道你不知道吗?"他半开玩笑半认真地对尤西说。又到了发工资的时候,盖诺宁便当众宣布,为了清楚起见,从现在开始,大家各记各的帐,他将把工钱付给每一个工人,而不像以前那样付给同组的两个工人让他们自己去分。这样一来,尤西便领到了自己的工钱,大约 8 马克。

但是,那天晚上当尤西回到厅堂里时,等待着他的却是一场疾风暴雨。依萨基在他之前回家了,他和库斯塔夫正坐在桌旁吃晚饭。尤西像往常一样,不待邀请就坐到饭桌旁。但桌上没有他的汤勺,当他要求给他一把勺的时候,米娜强压住怒火说:"谁有了自己的钱,就该有自己的勺!"

尤西只好自己走到壁架边去拿勺,但米娜却火冒三丈,她举起长柄勺子,用力地打尤西的手。

"该死的,这下可麻烦大了!"她尖声喊道。"家里的东西每时每刻都得看住,让我告诉你……"

就像洪水泛滥那样,她没完没了地唠叨着。她的唠叨无非是下面这些内容:尤西是被别人当废物赶出家门的,是他们收养了他,他在这里吃了多少星期的饭,但连一分钱都没有付过等等。这时,盖诺宁走进了厅堂,他心情极好。请看他是如何用最亲切的萨伏方言①把米娜彻底驯服的!

"老妈妈,你对自己的儿子到底生什么气了?"这是他问的第一个问题,问得十分巧妙。接着,他竭力使米娜不再滔滔不绝地说个不停,而是让她转而哭闹和发牢骚,最后他从米娜的抱怨中搞清楚了尤西在米娜家到底住了多长时间。然后,他又问米娜"这位年轻人"每天应该付多少钱。

"我要他付多少钱就付多少钱,这是我自己的事,别人管不着。我说,我们这个小屋里根本不用任何人来充当法官!"

其他的人朝盖诺宁看了看,接着格格地笑了起来,好像他们觉得这下盖诺宁可落到下风了。

"哎,老妈妈,您最好别跟我们谈什么'我们的屋子'!"盖诺宁说,"另外那间屋子不是我们自己盖起来的吗?难道你忘记了?噢,是啊,万一需要的话,我们可以马上在空地上再盖一间像这样的房子。"

盖诺宁决定,米娜要他付多少饭钱,她也可以按同样的标准要尤西付多少。于是,盖诺宁问尤西,他已经付了多少钱。尤西回答说,头两次发的工钱都已经落到他们的手里,另外他的舅舅已经给了米娜20马克……米娜顿时大发雷霆,她这次发脾气要比上一次厉害多了。她浑身哆嗦,尖声喊叫,躺在地上嚎啕大哭起来。

盖诺宁气得涨红了脸,最后他以谁也不曾听到过的嗓门大声呵斥道:"别跟我来这套,你要是不赶紧闭嘴的话,我可饶不了你!。"

屋子里一片气呼呼的寂静。盖诺宁慢慢地转过身来,用严厉的目光扫视着屋里所有的人,虽然谁也没有对他说一句话。

这一次,尤西真正受到了公正的对待。在他的生命中,这种事情以前

---

① 萨伏方言:在芬兰,芬兰语和瑞典语都是官方语言,除此之外,芬兰东部和西部有其地区性的方言,萨伏方言属于东部地区的方言。

从来没有发生过,以后也不会再发生了。这场纠纷的结果是,尤西可以自己支配自己所有的工资了,而且盖诺宁许诺说,他会监督米娜,从今以后,她只能从尤西手里收取应当支付给她的那部分钱。他还答应要清查有关20马克的事。这下就彻底灭掉了米娜的威风。从此以后,她那无力的怒火只能以长吁短叹和故意摔东西来发泄了。

尤西因此要搬到"上帝之家"去睡。

尤西对这个结果非常满意,他来到院子里,用手摸了摸脸上刚刚长出来的小胡子,倾听着马匹的响鼻声和屋里传出来的谈笑声。生平第一次,他的口袋里有钱了,虽然他已经用布把钱包了起来,但他还是不时地伸手去摸一摸。当他独自站在院子里的时候,他感觉到这个庞大的工地蕴藏着巨大的力量!出产原木的森林……它背后的靠山可以往上延伸到那些越来越强大的老爷们,他们手里有的是钱,数都数不清。但是跟钱打交道是很可怕的,金钱带来的压力可以使人窒息。钱是一个很奇怪的东西——它有时像主人一样操纵着人们,有时又像仆人一样侍奉着人们,好像有求于主人似的。

尤西回到了"上帝之家"。今晚他将第一次在这里过夜。屋里有人正在打牌,到处是欢声笑语,工人们玩得热火朝天。明天是礼拜天,大伙儿要一起去教堂。即将来临的休息日使他们心情格外愉快,开的玩笑也比往常要多。来自五湖四海的工人们有的讲述鬼怪故事,有的大谈与狼共舞的奇遇。大家说啊说,说到后来就悄然无声了,此时,一个来自耶米湖的老头又开始了他每晚固定的保留节目:大吹牛皮。别的人则边听边插科打诨,这样一来,吹牛的人也就更加来劲儿了。有人想起了尤西在厅堂里的那场纠纷,于是,在很长一段时间里尤西就成了大家取笑的对象。尤西在他们开玩笑的时候反应很死板,这让大家有点儿恼火,但是谁也不会真的欺负他。毕竟尤西还是个孩子,对这帮伐木工来说,他还太嫩,还不能成为他们中的一员。

最后，工人们纷纷躺在麦秸堆上睡着了。在这个周末的晚上，这里的气氛格外温馨。已婚的人在脑子里盘算着自己能挣多少钱，将来回家后该怎么用。年轻的小伙子在琢磨着明天去教堂做礼拜的事。伐木工的生活也有极其浪漫的一面。

尤西也在想着自己的心事。他想，跟米娜的关系已经破裂，往后连个栖身之地都没有了。他又想起了母亲，想起了她带着自己投奔图奥利拉时的情形。他甚至还想起了母亲去世的那个夜晚，那段遭遇在他的记忆中是独一无二的，与他一生中其他的遭遇是完全不同的。在今后的生活里，尤西眼睛里还会不会再流下泪水呢？

盖诺宁很快就辜负了尤西对他的高度信赖。有一次玩纸牌的时候，尤西的脑子还没转过来就傻呼呼地输掉了所有的钱。当他含着眼泪要求别人把钱还给他时，盖诺宁不但没有利用他的权威帮尤西说话，反而和大伙一样取笑他。原来世界就是这样运行的：你到头来只能孤零零的一个人。

尤西渐渐地忘却了有关他的母亲、猪山和尼基莱的那些令人伤感的回忆。冬天快要过去了，冰雪开始消融，雪橇压出的车辙在阳光的照射下闪闪发光，砍倒在地的松树散发着春天的气息。他离开图奥利拉的时候，路上是一片冰雪，那时他觉得冬天还很漫长，根本没有考虑过冬天过后会是怎么样。而现在，冬天即将过去，但留在他身后的究竟是哪一段冬天呢？

持续了好几周的砍伐停止了，放排的季节即将开始。在冰冻的湖面上，长长的原木正在连结成木排。图奥利拉，它的主人和女主人、他们赚到的钱，所有这一切将依然留在这里。原来的参天大树如今只剩下树桩和砍下的树梢、树枝、树屑。它们总是以相同的顺序堆放着，地面上清晰地呈现出一幅树木被砍伐过的破败景象。天亮得越来越早了，几天以后，托依伏拉那"上帝之家"终于关门了,逝去的冬天所遗留下来的只是寂静和污浊的空气。在这晴朗的日子里,连米娜都情不自禁地感到一点儿心酸。

许多伐木工都接着干起了放排的工作,其中也包括尤西——也就是曾经的约翰·托依伏拉。现在他完全可以无需征得任何人的同意,自己做主买皮靴了,也可以亲自到沿岸村子里的老乡家去购买食物了。他心里越来越感到自己已经长大成人了,这是令人激奋的,但同时又好像给了他很大的压力。他手里的钱并没有使他安静,他是多么想好好地把这些钱花掉啊!

巨大的木排沿着芬兰西南部的河道,慢慢地朝着柯基麦基河方向移动。在驳船上,一堆火正在咖啡壶下熊熊燃烧,伐木工们正在小棚子里打牌。一匹马正在围着绞车无休止地转圈,盖诺宁正在擦他的靴子。

"哎,施洗牧师,快走吧!"对尤西说话的人是跟尤西轮流上岸购买食物的人。有一次,尤西干了一桩蠢事,结果这些人就把尤西叫做"施洗牧师约翰内斯[1]",后来简称为施洗牧师。每当人们向新来的工人谈起米娜的坏脾气,而对方满头雾水地问米娜是谁的时候,大伙就会说:"就是这个施洗牧师约翰内斯的母亲。"

尤西上了岸,今天他来到另一个老乡家。他的生活经历越来越扩大了。从前他对男女关系的了解并没有超出在猪山所经历的范围,而如今放排的工作使他大开眼界,现在他完全清楚那是怎么回事了。他还首次尝到了醉酒的滋味,这是人类特有的、一代一代传下来的举动,其中往往包含两种完全不同的感受。

尤西的生活是自由自在的,而且从表面看来似乎是无忧无虑的,但在他内心却深藏着一种轻微的不安全感。现在这种生活结束后,他又该向

---

[1] 施洗牧师约翰内斯:芬兰语中,尤西(Jussi)是约翰内斯的昵称。基督教里,耶稣有 12 门徒,其中之一就是 John Baptist,即施洗者约翰。英语中,约翰(John)也是约翰内斯的昵称。

何处去呢？

出乎尤西意料之外的是，放排结束后，他并没有随风飘荡。他继续留在盖诺宁手下干活。在买卖成交之前，伐木工人们必须核实出售树木的数量，因为有些林主会故意谎报数量，抬高价钱。这样一来，尤西就成了林木统计员。等到这项工作结束的时候，伐木季节又即将开始。萨塔昆特地区的树木渐渐稀少了。新的时代即将到来，这正是1868年那个美丽的春天饥饿的农民所梦寐以求的时代，但是，正像这种情况下通常发生的那样，这个春天看上去与人们在梦中所见的完全不同。

经过在伐木队几年的生活，尤西长成了一个男子汉。他偶尔也干一些季节性的工作，但他从未真正适应那些零散工作。等到第二年，他又回到树林中的某家佃农的木屋里，参加伐木劳动。此时他已经通晓伐木这项工作，后来的几年，这种生活并没有对他的"发展"有很大的影响。他宁愿去当雇工，但大多数地方他都很陌生，图奥利拉一带他又不愿意去。虽然他变得有点儿寡言少语，但是他还是不停地想念他熟悉的托依伏拉家的生活圈子，在那里，上帝不会同时将他的所有熟人都忽然换掉。每到晚上，只要一想起陈年往事，他的思想总是集中到刚到托依伏拉而伐木还未开始的那段时间。他觉得，那时的自己好像面临某种威胁，但总算不知不觉地躲过了。他必须提醒自己，不要再回到托依伏拉去，也不应该忘记那些可能迫使他返回托依伏拉的因素。他又没有欠债，也没有拿走了人家的东西！不，托依伏拉对他已经没有任何威胁了。

他在图奥利拉度过的日子已经成为难以忆及的遥远的过去。图奥利拉那幢房子有时会突然出现在他的脑海里，但是不能唤起他的任何感情。关于图奥利拉的主人、他的妻子和孩子的印象都显得非常模糊，好像根本就不存在似的。那时候的生活，面包房里干不完的活计，干干净净的床铺，这一切都已经从他的意识中消失了。对他而言，真正的生活是从到了托依伏拉后才开始的。他再也不用回图奥利拉了,这是他对于图奥利拉的全部想法。

后来,连这样的心情也很少出现了。

21岁的尤西已经是个大小伙子了,他生得中等个儿,两腿有点弯曲,灰白色的皮肤,头上留着短发。他在人群中很不显眼,谁也不愿意花较长的时间去开他的玩笑。有的人喜欢在年轻时到处漫游,增长阅历,度过他们一生中最绚丽多彩的时光。等到老了以后,他们就会喋喋不休地大谈其当年的奇遇,随着时光的流逝,他们会变得越来越平易近人,和蔼可亲。但尤西并不是这样的人。在他休息的时候,他想的是木排将经过这个水域里的哪些湖泊,沿岸村子里有哪些人家。最多不过想想去年这个时候自己在哪个地方,他觉得他现在是一名地道的伐木工了。在他的周围曾出现过许多形形色色的人。有的人悄悄地单独跑到岸上去办自己的事。尤西却无论如何也不愿意一个人上岸。岸上有许多姑娘,但她们看起来都比他大。除了在自己脑子里遐想外,他不懂得如何应付女孩子。他甚至不会像其他男人那样跟女孩子打情骂俏,更不用说夜里偷偷地钻进她们住的的阁楼了,虽然他知道别的男人就是这么干的。

不管怎样,夏天一个又一个地过去了。那些年的夏天里还是有一些美好的时刻的,虽然尤西对美丽的东西并不特别敏感,但他还是受到它们的影响。三一节的早晨,天气晴朗,一艘汽轮驶过他们的木筏,它是从城镇那边驶来的,船上还有乐队正在高奏着一首脍炙人口的乐曲。大伙激动得有点儿颤抖,一股虔诚之情慢慢地传遍每个人的全身。有人随着哼唱起来,但是歌词错得乱七八糟,尤西根本听不懂,当然他也并不希望能听懂。

……拿起宝剑,走向岸边,
举起酒杯,皇帝开怀畅饮……

……木块烧得噼哩啪啦……

　　此时此刻，一种庄严的激情洋溢在每个人的心中。

　　"哎，伙计们，换上节日的服装，到教堂去！"盖诺宁说道。

　　伐木队员们的衣服都装在一条货船上。不一会，每个人都穿上了红
外套、白裤子，束上了崭新的皮带，戴上了鸭舌帽，然后都上了小船，朝着
开始发绿的湖堤划去——教堂就坐落在湖岸上。木筏上只留下了一个脸
色苍白的养马老人。当小船刚划过一半路程的时候，汽轮已经绕过岬角
消失在群岛后面。尤西和另一个放排工一起，一个人握着一个船桨慢慢
地划。此时的气氛非常和谐，大地和树木好像在说，在它们的灵气之下，
这个国家正在欢度幸福的时光。成千上万个湖泊里，湖水荡漾，浪花拍
岸。在这个国家的某处，一位伟大而和蔼可亲的诗人^①正在倾听着浪花的
窃窃私语。身穿红外套的伐木工登上了绿油油的湖堤，他们并不知道诗
人是干什么的，但是浪花所传递的信息却很容易进入他们的头脑。他们
虽然在伐木队里干活，骂起人来很厉害，但是他们那温柔纯洁的灵魂外面
裹着的却是一层很薄很薄的外壳。如果那位伟大的诗人从这样一些人面
前经过的时候，他一定会对他们的灵魂大加赞扬。

　　在教堂里，当尤西跟其他人一起忽而起立，忽而低头祈祷的时候，一
种肃然起敬的感觉涌上了他的心头。在教堂这种庄严的气氛下，多少年
来一直缠绕着他的那种无法解脱的紧张感和不安全感全都摆脱掉了。一
年年积累下来的苦衷，一下子就消失得无影无踪。教堂里坐满了做礼拜
的人，他们从自己的家里来，做完礼拜后，再回到自己的家里去，他们尽情
地享受星期日下午的美好时光。在阳光的照耀下，响彻教堂的圣歌和圣
词好像正在把这些人送往各自的家。盖诺宁在这里也感到自己很渺小，

---

① 诗人：这里指的是 Elias Lnnrot(埃利亚斯伦洛特)，他专门收集和研究芬兰民间诗歌，芬兰民
　族史诗《卡勒瓦拉》是由他编纂而成的。

他的权力好像全都丧失了。每当教堂司事在镀金黑板上更换数字,并且把黑板转向教民的时候,圣歌声就会随之响起来,与这种歌声相比,盖诺宁最精采的俏皮话也是微不足道的。在这些身穿红外套的人当中,不少人有盖诺宁这样的感觉。甚至有的人为穿着这样的外套而感到害羞,至少尤西是这样感觉的。他觉得他好像被迫要用盖诺宁的口音说话:"你们想干啥?"

这就是整个布道过程中尤西所想到的。他还想起了那个留在驳船上的衰弱的老头,回想起当他把纸币和硬币全都混在一起塞进牛皮钱包时的情景。虽然这与教堂里的庄严气氛毫不协调,但是这个老头却是尤西最亲近的人,好像比盖诺宁和其他的人都亲近。他属于那类能从从教堂直接回到自己家的人,他们手中有赞美诗和手帕。

牧师布道的时间很长,因而尤西有足够时间不受干扰地尽情想象,好像他很快就可以回家去喝稀粥和土豆汤了。在夏日教堂里,当牧师布道的时候,即使是头脑十分僵硬的人也会遐想联翩。祈祷仪式结束后,尤西并不愿意回到木筏上去,可他又不得不回去。不过,从这次教堂之行起,尤西开始发现了自己新的人生目的。

秋天,盖诺宁带着他的伐木队来到尤西的家乡,尤西仍然担任统计员,帮助计算原来属于尼基莱的树木,这片树林长得十分高大雄伟,而且从来也没有被开采过。从遥远的图奥利拉林子算起,他跟盖诺宁一起已经踏遍了许多林区了。但是,就在这里,一件意外的大事发生了:一天早晨,盖诺宁没有起床。

谁也没有看见他是怎么死的。他的死,如同他的一生一样令人难以捉摸。那时候,工作已经接近尾声。在新的队长到来之前,大伙都准备先到别处去干活,因为这里还没有到伐木的时候。

只有尤西一人坚持要留下来。他说,他要在这里等着,到冬天再参加伐木,但是在内心深处,他已经感到,在发生了这一切之后,他大概不会再干伐木工作了。由于各种各样原因的影响,他还没有想出一个确切的计划。他已年满 24 岁了,可是他在男人们之中还觉得自己还是个孩子。那次他在教堂布道时强烈地感受到的那种情绪一次又一次地浮现出来,今年夏天,这种情绪不断地重复着,在这种情绪的影响下他开始攒钱了。对尤西来说,盖诺宁的死表明他应该跟这帮伐木工分手了。此刻的他恰巧就在自己的家乡,这一点也起了一定的作用,因为这里还有他认识的人,但是,如同周围的环境那样,他们已经完全失去饥荒年代之前所具有的那种精神。奥利拉老爸和本杰明都已不在人世,本杰明·尼基莱的旧房屋和猪山上那间小木屋也已无影无踪。只有一位老太婆还健在,她一边搅动着咖啡壶,一边激动地询问尤西,玛依娅是怎么死的。

他在这里还是人地两生的。开始的时候,他觉得留在这里不如在公司工作那样安全;在这里他的钱花得很快,这使他感到忧虑。但不管怎么样,他不可能跟着别人离开这里。谁知道他留下来的真正原因是什么,这里的一切压根儿不像他三一节那天所梦见的那样。

以前尼基莱家的小尤西,现在变成了离他的家乡较近的皮尔约拉庄园的大雇工。19 世纪 80 年代开始了。

人生的热点

Chapter 4

当一个人在外长年闯荡漂泊，最后回到家乡的时候，他应该是个什么样子呢？

他应该衣冠楚楚，囊中有钱，风度翩翩。他应该会跳舞，能够博得姑娘们的欢心。如果他符合所有这些条件，那就说明他是个成功者，他可能因此成为一位农场的管家，娶上东家的女儿，获得较好的租地。这样，他无需等到迟暮之年就能把农场买下来，通过苦心经营，最终归还抵押借款。这样的情况是会发生的，而且确实有很多类似的实例，这是没有任何东西可以阻挡的。但是，对尤哈（回到家乡后，尤西已经改叫尤哈）这样的人来说，这样一连串的想法是绝对不可能实现的。

曾经属于老本杰明的尼基莱农庄如今已成为村里最好的农庄，至少不比图奥利拉农庄差。那里盖起了一座很漂亮的新房子，已故的奥利拉老爸的儿子安东尼和他那精力充沛的妻子就住在里面。女主人是名门闺秀，据说她拒绝住进尼基莱原来那间散发着臭气的屋子。其实，她根本不需要多说什么，因为当安东尼接管这座房子的时候，建筑工人争着来这里干活儿，甚至连工资都不要，只要能吃饱，他们就愿意为安东尼做事。从北方来的一些木匠争先恐后要为他效劳，为了得到这份工作几乎打起来，因为在那时候只有奥利拉家还有面包吃。奥利拉老爸只是站在旁边，一边看着他儿子的工地，一边说道："只要有面包和钱，什么都好办。"秋天还没到，主楼就已经竣工，牲口棚等外围设施也修理完毕，屋旁还开辟了一大块地作为庭院，院子四周用石头砌起了围墙。圣诞节前夕，女主人就搬进了新房子。后来，当人们回想起尼基莱原来的模样时，就觉得本杰明和他的家人好像是由于某种不光彩的原因被赶走的，似乎本杰明完全无权在那里当家。如今，尼基莱是个干干净净，十分美好的庄园。与已故的玛依娅不同，没有一个雇工看见过现在的女主人在晚上穿着衬裙干活。安东尼的大儿子在教堂村的小学里念书。本杰明留下的林木被首先卖掉了。昔日破破烂烂的尼基莱农场现在已经变成了当地实力最雄厚的农户之一。

跟旧貌换新颜的尼基莱农场相比，尤哈四处漂泊的经历就显得黯然失色了。很明显，他除了给皮尔约拉农场当雇工外没有别的出路。皮尔约拉农场是个老式的小农场。他是那里唯一的雇工，农场除了他这个雇工外只有一个女佣。

一个礼拜天的下午，尤哈沿着公路走着，他被本能所驱使向着哈尔亚林地走去，他要看看自己外出期间这里发生的变化。他穿着一双嘎吱嘎吱作响的新靴子，口袋里揣着 20 多马克。他记起了自己的岁数，并且发现自己已经是一个成年人了。时间过得真快啊！从前的尼基莱的小尤西现在是一个发育成熟的男人啦！当他再次看到焕然一新的尼基莱农庄时，他心里想："你到底还是变样了，不过，我也变了。"

这些年来，他从未想到过老本杰明，但此时此刻，却不由自主地想起了他。更奇怪的是，他甚至充满了对先父的同情。当他走在从尼基莱到奥利拉的路上的时候，从他的步态和脸上的表情中，可以看到他父亲那种矜持的影子。他的心里充满了对尼基莱和奥利拉新主人们的怨恨。像他们这样的人现在在这里称王称霸，把人家的树林都卖掉了，而他们自己对木材生意却一窍不通。尤哈当然知道，这里本来是一片什么样的树林——当这片树林还属于他的父亲老本杰明的时候，它从未被砍伐过，而现在这个家伙却把它当自己的财产卖掉了。尤哈大步向前走着，好像是他自己刚刚卖掉了尼基莱的树林似的。他知道口袋里有一大堆钱，心里感到说不出的高兴——光凭一个人的外表，你不可能猜到他口袋里有多少钱。

尤哈一直呆到很晚才回家。当他沿着原路往回走时，他已经有点儿醉了。在从奥利拉到尼基莱的途中，他真想大声喊叫："哎，奥利拉，你们一家都是乞丐！"他要让他们记住，他就是尼基莱的本杰明的儿子。不过他一声也没有喊出来，这个叫声只是在他自身的意识里回响。这种意识好像是在酒的作用下充分暴露出来的,当他带着对父亲诚挚赞叹的心情大踏步地走在路上时,它好像总是在他内心深处监视着他。它注视着他,观察着他,赶也赶不走。它仿佛在对尤哈说:"是的,本杰明曾经拥有过这片树林,但他已经不可挽回地失去了它。这也许使你很恼火,但这一切是履行了合法的手续的。你说你是老主人的儿子,说你是……哎,你看,现在这是别人的农庄,它跟你父亲没有任何关系。它是奥利拉的安东尼的农庄,明白吗?这个安东尼是从柯盖麦基迁来的奥利拉老爸的儿子。你必须这样来看待这件事,这样你才能理解它。你现在回皮尔约拉的农舍,到那里去睡觉吧!不过你得记住:你的口袋里有 20 多马克。你得往前考虑一下,看看在你周围这个世界上别人是怎样生活的……"

一个人喝醉后,虽然他的意识不能用语言来进行自我表达,但它还是在活动。

那个星期天的晚上,尤哈就睡在皮尔约拉的厅堂里。以后的许多日子里,不管是星期天晚上还是工作日的晚上,他都睡在那里。他是一个沉默寡言的雇工,但当地上了年纪的人对他家的根底仍然记得很清楚。从他那对小眼睛就可以清晰地看出他长得有点儿像老本杰明,不过他的性格好像更像他的母亲玛依娅。他的脾气有些古怪,但是他古怪的地方都是微不足道的,所以人们并不因为这个缘故而特地谈论他。他对待金钱的态度与众不同。他一次不落地按时从东家那里领取自己的工钱,所以东家还以为他是个乱花钱的人。但尤哈从不随便花钱,他只是想把钱掌握在自己手里。这可算不上是什么节俭,因为那时凡是节俭的雇工都尽可能长时间地把工钱存放在东家手中。

他在皮尔约拉干了一年。他的工作伙伴是个青年女仆。就在尤哈离开皮尔约拉家之前,她出嫁了。皮尔约拉的主人这样说过:"女佣是否能出嫁,取决于这个农庄是否兴旺。"两年后,当尤哈重返皮尔约拉农庄,并且决定跟农庄的女仆丽娜结婚的时候,主人又重复了这句话。

星期日的傍晚和夜间是雇工和女仆内心的感情极其强烈的时刻。对他们这类人来说，这又是一个决定命运但充满种种危险的时刻。此时此刻，转瞬即逝的自由感达到了顶峰，随着夜幕的降临，这种感觉会越来越强烈，到了深夜，它甚至使你忘掉世界上的一切事物。虽然历史书没有记载，但是事实上许许多多的人就是在这个时刻迈出了决定他们命运的第一步。那个表面上令人神魂颠倒的夜晚实际上却是苦难生活阶段的开始，从此，这些年轻人们就进入了婚姻的殿堂，就像被尖牙利齿的饿狼咬住那样，他们开始被现实生活煎熬着。现实生活中没有星期日之夜那种甜甜蜜蜜，只有日常的苦役、寒冷的夜晚、生病的孩子和消瘦不堪的妻子。从她们的外表来看，你简直想象不出她们做姑娘时的容貌——如果说她们也曾被称作姑娘的话。在这只狼的嘴里，还有夺走妻儿性命的死亡，漏风的破屋和偿还不完的债务。狼嘴里有着种种痛苦，唯独没有瞬间的安宁，因为当你落入狼嘴时，已经谈不上什么爱自己的亲人。至于你星期日早晨穿着衬衫走出院子的那短暂的一瞬，则是微不足道的，可能完全不为人所注意。没有比一切噩梦均由此发端的星期日之夜更为遥远和陌生的事了……当看到雇工和女仆神情严肃地着手干那些需要有完全不同的条件才能成功的事情时，那确实是令人伤心的。

尤哈也应该懂得，星期日晚上所体会到的自由感是多么虚假。那次他在图奥利拉正是因为它而领教了主人的一顿棍子。但是，诱惑最可怕的地方在于，在关键时刻，它能使人完全忘记以前纵欲的后果。

自由的诱惑也不例外。按照尤哈的发育程度来看，要求尤哈能从挨揍或者星期一早晨的困乏中吸取生活的真谛并以此作为自己的行动准则，那恐怕是很不现实的。所以，每逢星期日晚上，特别是夏天的晚上，他总要到村子里去逛一逛。虽然他连波尔卡的舞步都不会，但他也要去舞场呆上一会儿。有时候，他也会稍微多喝一点儿，但是他不会喝得醉醺醺的。他常看人家打架，但他自己却从不参与。对于酒，他总是小心谨慎，不知为什么他总是害怕出钱凑份子买酒喝。他并不吝啬，只是单纯地害怕参与这种事。但是，因为他从不给任何人添麻烦，所以还是常常有人请他喝酒。

星期日晚上进村闲逛并没有给尤哈带来什么问题，或者说，似乎并没有造成什么对他有很大负面影响的后果。然而，这仅仅是表面现象，命运之神在暗地里异常诡诈地为尤哈安排了一些他意想不到的"后果"。仅仅一次外出闲游，就产生了决定尤哈一生的命运，即使在数十年以后，尤哈的生活仍被这次外出闲游所影响，他因此被安排到一条新的命运轨道上，这种偶然性也反映了人类生活的一个侧面。

尤哈是皮尔约拉唯一的雇工，而且经过风雨，见过世面，自以为很聪明，但他心里明白自己有一个恼人的弱点：他对于女人还没有什么经验。在人们面前，他却表现得完全不同。有时他会慢吞吞地说上一句猥亵的话，这使一些憨厚的老婆子有理由说："是啊，尤哈不会傻到这样的地步，女人一勾引他就结婚。"尤哈非常喜欢听这样的话，并且更加信心十足地表现出他对这一套已经很腻烦了的样子。事实上，当他独自一人回到单人床上，听到灶台后面女仆丽娜的呼吸声的时候，情况就不同了。

他从未碰过女人，而问题难就难在这里。虽然丽娜并没有任何特别动人的地方，但是要让他穿过厅堂偷偷地溜到丽娜的床边，那简直等于逼他上刀山下火海了。有一天夜里，灶台后面异常安静，好像丽娜并没有睡着，只是屏息躺着。尤哈故意咳嗽了几声，鼓起勇气悄悄溜到她的床前，结果他发现丽娜根本就不在床上。尤哈直挺挺地在她的床上躺了一阵子。当丽娜回来的时候，尤哈已经躺在自己床上，假装睡着了。

丽娜今年 22 岁，是一个轻浮放荡的女人。她不是本地人。在一次乡村集市上，当她主动提出要求来农庄工作的时候，主人出于开玩笑的心理而雇佣了她。她干起活来拖拖拉拉十分懒散，可是一到晚上，她只要能逃出去就一定会逃出去。一些喜欢在夜里寻欢作乐的年轻人不敢到皮尔约拉的客厅来,丽娜乍到时人生地不熟,但是这并没有把她难住。来到皮尔约拉第一个星期天的晚上,她就在厅堂里哼唱着她家乡的歌曲,然后瞅准机会溜到村子里去了,直到后半夜才回来。只是由于命运的安排,她才成了尤哈暗恋的对象。表面上看来,她好像对尤哈并不十分感兴趣。她只顾哼哼歌曲,对尤哈提出的问题,她总是满不在乎地回答。但尤哈对她却是认真地动了心思的。

那个不祥的星期日之夜在割草期和收割期之间来临了。那天晚上,尤哈感到自己的生命力异乎寻常地充沛,但在尤哈的潜意识中,一个无法用文字表达的问题不断地浮出水面:"这是我吗? 我现在是不是一个发育成熟的男子?"那天晚上,他用自己的钱喝了酒,又跟另外两个男子一起买了一大壶酒,痛饮之后又醉醺醺地去跳舞,而且在那里也玩得不错。舞场上,一个男子忽然抓住了他外套的翻领,尤哈一使劲就把这个人推倒在地上。虽说这只是闹着玩,但尤哈究竟还是把一个成年男子摔了个双肩落地。当他离开的时候,尤哈在黑乎乎的前廊里还摸了摸几个年轻姑娘的脸。当他一个人气喘吁吁地走回家的时候,他的精神仍极其兴奋,觉得自己早就不比同村年轻人差了,甚至比任何人都不差呢……

尤哈一走进黑洞洞的厅堂,立即勇敢地走过去看看丽娜是否回来了。空空的床铺说明她还没回来。尤哈小心翼翼地走到窗前,站在那里呆呆地张望着。他的大脑好像暂时罢工了,别的什么都干不了,只能盯着眼前这点地方看会发生什么。透过朦胧的醉意,尤哈感到,整个人生最秘密的本质部分,正在像画片那样一幅一幅地展现出来,可是它出现的时间极其短促,瞬间即逝,像尤哈这样的人根本什么也捕捉不到。他的身体似乎有点要呕吐的意思,但是他的头脑却没有任何反应。

丽娜在两个男人的陪同下沿着幽暗的小道走了过来。醉意犹存的尤哈想到这两个人是不会走进厅堂的,心里非常高兴。很快丽娜就会进来了,尤哈站在窗前等着,丽娜刚一把门打开,他就立刻迎着她走过去。

约翰·本杰明的儿子，27 岁的尤哈，一生中第一次把一个女人搂在怀里。他所以敢于这样做，既是喝了酒的缘故，也是当晚经历的一切给了他力量。这是肉体自发的行为，而大脑仅仅是认可了所发生的事。尤哈好像挣脱了过去的桎梏，蓬勃地焕发出男子的本性。丽娜没怎么反抗，她一直都懒洋洋的，任由尤哈摆布。最后，丽娜才说了一句"你这个老山羊，怎么也突然撒起欢来了？"听到这句话，尤哈感到说不出的高兴，因为它为他那正在空中飘浮的躯壳提供了基础。

但是，当他后来躺在自己床上的时候，醉意已经消失得无影无踪。他忽然感到非常失望，这是一个男人（哪怕是比尤哈强大得多的男人）在这个世界上所能感受到的最大的失望之一。萎靡和空虚控制了他。尽管如此，他仍觉得，当他在生活的审视下这样躺着的时候，生活好像向他展示了一副全新的面孔。一件短暂的小事好像又把过去多年来当雇工时发生的无数个大大小小的事件集中成了某种完整的东西。尤哈在生活的道路上到达了一个新的高度，不过很难说这是更高还是更低。在他进入梦乡之前，他可能已经在想象中看到自己成了这座佃农屋未来的主人了。在他这个年龄段，类似的想象还是具有相当诱惑力的。

对于女仆丽娜来说，尤哈的求爱来得非常及时，这是一个很重要的巧合，如此完美的巧合出现在生活中的时候可不多。丽娜一直是独身一人，没有任何亲友在此地。她怀疑自己已经怀了一个男人的孩子，而她知道这个男人是决不会娶她的。虽然农场主的儿子娶女仆为妻的事是有的，但丽娜知道得很清楚，她不是将来会成为女主人的那种女仆，更不用说事情已经发展到现在这样的地步了。至于尤哈，她对他的态度直到最后仍然是不明朗的，也没有出现什么女人必须作出牺牲这样的情况。丽娜继续参加舞会，但从那以后她的身体是忠于尤哈的。在她身上出现了某种程度的傲慢，好像她想制止其他男人向她献殷勤的企图。

同丽娜发生关系之后，对尤哈来说，用不着进一步考虑，结婚显然是不言而喻的事。从那时起，他所有的精神生活和物质生活都是围绕这个目标展开的。当他仔细地策划和估量自己的未来时，令人愉悦的急迫感便迅速占领了他的思维。从此以后，他每晚都到灶台那边丽娜睡觉的地方去，但现在对他来说这仅仅是第二位的事。不过，除了处理更重要的事以外，这件事也不应忽略，毕竟丽娜已经成为和自己休戚与共的女人了。

　　他对丽娜的家庭和出身却一无所知（只是在第二年夏天，他们结婚之后，突然有一个长得像乌鸦一样的老太婆出现在他们面前，尤哈这才知道，原来她是丽娜的母亲）——他们俩睡在一起，却从未谈到过结婚的事。这有什么好谈的？尤哈总是有点儿心不在焉，而丽娜则是一副无所谓的样子，他们之间也没有出现过什么激情。只是尤哈干活比以往更加认真了，嗅觉敏锐的东家很快就探听到了这一切变化的原因。他善于观察人的情感，又是地方法院的陪审员，所以他并不急于行事，而是耐心地等待时机。有一次，他通过巧妙的引导让尤哈主动谈起了这件事——不管什么事，一旦大家谈起来了，就应该把事情彻底谈清楚。

　　东家弄清了尤哈有多少钱，他的计划是什么——原来尤哈希望在皮尔约拉一块佃地。东家侧转脸平静地思索着，好像还没有拿定主意似的。实际上，他连一分钟都不用考虑就对这件事有了定论。他看见尤哈和丽娜站在在他的面前。此时此刻，他们天真地表示，他俩有能力一起为自己提供生存基础，他们的未来会"很有前途"。而这位年长的农庄主却清醒地意识到，毫无疑问，这两个孩子的梦想是不能持续下去的。他对这件事既同情、怜悯，又十分反感，但他决不搀和下人们的事。对尤哈希望得到佃地的要求，他没有作明确的答复，不过他对他们的婚事本身却很感兴趣，表示了极大的同情，并从父亲和男人的角度给了尤哈一些忠告，因此尤哈非但没有因为这次交谈而感到沮丧，反而振作起了精神。在尤哈的一生中，皮尔约拉老东家始终被他亲切地怀念着。后来，当东家已经衰老不堪的时候,尤哈还不止一次地在困难的时刻来向他请教,老东家也总是非常友好地接待尤哈,以至于使尤哈常常忘掉自己到底是为什么来的。尤哈在皮尔约拉干活的这段时间,直到同丽娜结婚前,他的生活水平堪称蒸蒸日上,就连结婚的费用也是东家一力承担的。

首先提起婚事的是丽娜。她粗声粗气讲了自己婚前的遭遇。虽然这些都是尤哈早已料到的,但他还是紧张得连额头上都冒出了汗珠子。此时的尤哈已经没有当年做伐木工时所表现出来的那种勇气。他既想到了可能发生的事,也想到了不可能发生的事。"结婚"两字似乎突然有了新的含义,现在一切都木已成舟,不能改变,而且必须在一定的期限内完成。可他该到哪里去安家呢?租房子?寄人篱下?想到这些,尤哈便不寒而栗。

即使东家给他一块佃地,现在赶着盖一间勉强能将就的屋子也来不及了。而且即便是这样简陋的房子,尤哈也无力支付所有的建造费用,而且他连削木墙用的原木都不会砍。尤哈在丽娜床上喘着气,辗转反侧,难以入睡,但丽娜却懒洋洋地躺在那里睡着了,似乎在等着看尤哈的笑话。

尤哈干活更加勤奋,他似乎想竭力保住当佃农这个愿望,虽然随着时间的日益紧迫,他实现这一愿望的可能性越来越小了,但他仍然一如既往地拼命干活儿。丽娜的肚子现在已经很明显了,这使尤哈感到非常尴尬。他感到,好像有一个与自己毫不相干,一个别人强加给他的负担正压向他的肩头。尤哈从未对"谁是这个孩子的父亲"这件事产生过一丝一毫的怀疑,因此除了村里老太婆们的一些闲言碎语以外,这件事也没有引起什么大的麻烦。尤哈和丽娜在新家安置下来后,这件事很快就被人们忘记了。但是对尤哈来说,他永远也弄不清楚第一个孩子到底是谁的,丽娜为了这个孩子常常跟尤哈吵嘴,她是这么喜欢吵架,吵架对她来说似乎根本不需要理由。

总之,他们还是成了佃农,但不是皮尔约拉家的佃农,而是于吕莱家的佃农。直到教堂公布了他们的结婚通告之后，东家才对尤哈的求告做出回答："我这里没有可供租佃的合适的土地，而且你现在也不可能在这里盖房子。不过你可以找老头子于吕莱谈谈，他在克拉普萨拉有一块地，闲着没人种。那里住房很大，土地也很肥沃，你只要搬进去住就行了，房间都是完好的。我想于吕莱不会拒绝你的。"皮尔约拉这样说，倒不仅仅是为了安慰尤哈，他已经背着尤哈悄悄地对这件事进行了安排。

于是，在一个星期天，尤哈在于吕莱的房间里一连坐了好几个小时。老头子以农场主的口吻说啊说，有时咳嗽几声，还不时地走到搁架前取烟草装进烟斗。

他没有请尤哈抽烟。尤哈满脸通红，搓着激动得出汗的手掌。不管怎么样，交易终算谈成了。但由于尤哈现在还不能经营租佃来的全部土地，所以他还不能和东家订契约。

"只要我还活着，你就可以留在那里，如果你能安分守己地过日子的话。"于吕莱保证说。根据约定好的条件，尤哈暂时每星期干一天工役，自带干粮。

在离开于吕莱回家的路上，尤哈的脑子里两种矛盾的想法打开了架。他感到，似乎自己本已获得了自由，而现在又要重新被束缚起来。他好像看到了数不清的窟窿，而这些都必须用自己那为数不多的积蓄去填补。不过，无论如何他还是往前迈进了一步。

当尤哈带着这些消息回到皮尔约拉时，东家和丽娜已经在等他了。他们三人的会晤似乎带有一种隆重的气氛。为了表达他的爱心，东家向大家宣布，婚礼的费用由他来支付，这表明皮尔约拉农场的女仆最终都是能嫁出去的。

"尤哈，你是我所信赖的伙计。到了自己的土地上干活，你也要像现在这样。愿上帝保佑你。"东家说道，最后还开了个玩笑说："如同鸟儿从一块田地飞到另一块田地，尤哈，丽娜，你们也要从皮尔约拉飞往于吕莱啦!"

说罢,东家满脸洋溢着得意的神采。

不久,婚礼就在皮尔约拉的客厅里举行了。在婚礼的喧哗声中,除了丽娜的身孕之外,所有存在至今的烦恼几乎全都被淹没了。即使是在热闹气氛渐渐消退的时候,丽娜仍然感到,她腹中的这个小生命每时每刻都在活动。一些不速之客在院子里发生了争吵,但新郎对此却一无所知,因为他已经喝得酩酊大醉,躺在厨房里睡着了。不过,尽管他睡了,他的耳朵还是听得到的,小提琴声混杂着喧嚣声通过耳朵传进他那朦胧的意识中,使他感到怡然自得。对这样一个四处漂泊的人来说,这种感觉在他醒着的时候是绝对不可能体验到的,后来他即使在梦中也没有再次体验到这种感觉。

在这个新婚之夜,丽娜共收到 30 多马克的礼物,这比皮尔约拉前面一个女仆结婚所收到的多了一倍。她还多次走到院子里去劝阻那些好打架的人,他们当中的活跃分子竟然跟着她走进客厅来跳舞,而且还送了不少礼钱。

佃农屋坐落在树林深处一个荒无人烟的地方。这座房子已经闲置很久,早就变得破烂不堪,甚至连真正的名字也没有人记得了。当然通常人们称它为克拉派萨拉,但即使是来到这里的外地人也能听出来,这并不是它的真名。形形色色的过路人在这里居住过,给这座房子起了这个不逊的雅号。尤哈和丽娜搬进来之后,这里便以尤哈的名字命名为托侬伏拉。只有一次,东家于吕莱在因为尤哈没有按时上班或者其他什么类似的原因,出于耍弄他的心理,故意称他为克拉派萨拉主人。

这对新婚夫妇在万圣节那个星期搬进了自己的新屋。那天的天气和道路好像是专门来消除尤哈头脑里那些过分的奢望的。尤哈看到了将来他去给东家干役工时要走的那条道路的真实状况。走到一些泥泞的地方时,他们的车轮几乎有一半陷进了泥里,马伸长了脖子,露出一副痛苦的表情。夫妇俩所有的财产都在这辆马车上,其中有尤哈的橱柜——他在图奥利拉时梦寐以求的物品,还有丽娜那只镶嵌着花边的北式木箱。另外,他们还有一张床,床架子曾经在皮尔约拉客厅下的贮藏室里足足放了10年,但床板还很新,亮闪闪的。他们花了一个银马克买下了这张床,另外还免费得到了一捆干草。除此之外,就是木盆、水桶、牛奶桶、带腿的铁锅、瓦罐和四把勺子。看来,尤哈的家什已经足够用了。所有这些家具都是随便凑合起来的。他们还带来了佃户自立门户时所需的日常食品:5磅咸青鱼,20磅硬面包,半桶土豆和2磅盐。他们的钱除了支付马车费以外,都买了食品。因此,他们新生活的开端还是令人鼓舞的。事实上,在芬兰这块土地上,许多佃农自立门户时的条件要比尤哈差得多,然而他们最终却取得了成功。

这对夫妇好像并不缺乏那种内在的干劲儿,这对创业者来说是最重要的。搬迁的路上,他们跟车夫不停地聊天,他们的口气里流露出一股拼劲儿。特别是丽娜,她把她当女仆时所学到的妙语和笑话全都抖搂出来。她一边说,一边紧紧跟在马车后面。当她跨越一道道沟坎时,她那高高隆起的肚子就会明显地摇晃起来。

他们终于看见了自己的佃农屋:在森林深处一块荒凉的地方,有几间灰溜溜的原木顶房子。马车逐渐向它靠近,最后在一块没有遮挡的空地前停住了。他们终于到了!现在该把车上的东西搬进屋里去了。然而,由于尤哈考虑不周,出现了第一个疏忽。尽管他把枯树枝都堆放在树林里,却没有想到应该抱一捆柴禾回"家",因而没法给马车夫煮咖啡。幸亏在附近有几根破栏杆可以拿来救急。他们费了九牛二虎之力才生起炉火。这时,灰蒙蒙的天空表明黄昏已经来临了。

马车夫走后,这座破烂不堪的房子里充斥着一片沉寂,这寂静反而像震耳欲聋的响声那样钻进了他们的耳朵。丽娜想起了她当女仆时那种无忧无虑的生活，她真想放声大哭。难道这就是她的生活之路领她来的地方吗？尤哈开始走动起来，在四周转了一圈，但是每到一处都发现许许多多不足之处。每当他想到仅有的粮食储备时，他总是不寒而栗。这些东西虽然够吃一阵子，可吃完后该怎么办呢？现在是隆冬时节，连农场都没有什么活儿。

尤哈夫妇的佃农生活就这样开始了，而且佃农所具有的大大小小的特征很快就在他们身上出现了。这种生活影响了他们各个方面，无论是内在还是外在，这不仅表现在他们的衣着和面部表情、尤哈的胡须和丽娜的发式上，还表现在他们的举止态度上。在圣诞节前，趁尤哈不在家的时候，丽娜去村里用粮食换了咖啡。他们之间没有一天不发生口角，有时甚至闹到要翻脸的地步。这些小小的口角为每天的生活增添了小小的变化。但总的说来，他们的生活是单调乏味的。尤哈有时候会到村里的农场去干活。当他口袋里装着60贝尼回家时，总是特别爱生气。通常他在谁家干活，就由谁家管晚饭，所以虽然他经常觉得饿，家里也不再为他准备晚饭。他常常一边喝咖啡一边挑丽娜的毛病，埋怨她没有干这，没有干那。而丽娜呢？她的大肚子是她最大的靠山，开始她有点儿邋邋遢遢，但后来邋遢就成了习惯。孩子生下来以后，她总得照料孩子吧？因此她无暇分身去做家事，好不容易等到孩子长大了点，她又怀孕了，结果她仍然有理由像现在这样懒懒散散，对家务事放任自流。

开始的时候，命运之神好像还在考虑，到底应该把这对夫妇引到哪个方向上去。它一直考虑到圣诞节，最后决定让他们先兴旺发达一段时间，毕竟他们才刚走上成家立业的路呢。

木材生意给芬兰各阶层人们带来了许多好处，它甚至帮了尤哈·托依伏拉的大忙。这年冬天，在离托依伏拉大约三英里的地方有个伐木场，尤哈去那里一连干了两个多月。丽娜独自一人留在家里,她顺利地生下了他们的头生子,那天尤哈没有在家,他在伐木场。这个孩子后来取名为嘉莱·约翰奈斯。

那天晚上,尤哈回到家时不由得大吃一惊,因为他从来也没有想到他们的儿子会提前那么多天就出生了。不过,当他看到一切都很顺利的时候,就从惊慌中缓了过来,但儿子出生这件事还是在他的心头上留下了某种奇怪的惊慌感,具体原因他也不清楚。他觉得好像有个无形的东西突然降落在他的面前,并且开口问道:"今后的生活怎么办?"——我现在要养活一个孩子了——想到这些,尤哈顿时陷入了极度的烦恼之中。他又想到了钱的问题,他现在是有一些钱,但是要满足他所有的需要,这点钱是绝对不够的。

平淡的冬日渐渐暗了下来,朦胧的暮色笼罩了大地,随之而来的是漆黑的夜晚。托依伏拉的客厅里躺着三个人,在那些夜晚,他们不知不觉地互相躲避着。孩子连奶都不想吃,只是不停地哭闹。

然而,这个二月的夜晚只是人生中少见的时刻之一,此时,尤哈那尚未开发的灵魂还可以在其内心深处活动。命运之神履行了诺言,它让托依伏拉这对夫妇发了起来。托依伏拉发家的消息最终也传到了于吕莱老头的耳朵里。迄今为止,尤哈对东家谈到有关他自己的情况时一直含糊其辞,一个劲地支吾搪塞。东家只听说托依伏拉有一头母牛,不是自己的,而是借来的,他承认自己有一匹马,但这只是复活节集市上买来的一头病弱的老驽马。东家本人答应尤哈在他的地里放牧母牛,他提出的条件是尤哈要给农场再多干 15 天工役,但是放马的牧场,尤哈说是从别人那里租来的,这一点,引起了东家的怀疑。于是在盛夏的一天,有人看见东家离开农场蹒跚地朝着托依伏拉的佃地走去。尽管他的胸部有病,但他还是决定亲自检查一下,他的新佃户到底是怎么生活的。

东家并没有直接走进他们住的地方,而是快到大门前就向左拐,走到靠近树林的一块农田旁边，这样屋里的人就很难看到他。当气喘吁吁的老头看清楚他的新佃户所搞的把戏时，他不禁像年轻人那样破口大骂起来。

"哎呀，他妈的！顺手牵羊，他们原来是这样搞的！"

这个老头的心里不仅仅是愤怒，还有别的情绪，而这种情绪却很奇怪地激励了他的斗志。他好像意识到，尤哈正在悄悄地想办法提高自己，想跟他来个平起平坐。"原来如此！好吧，咱们走着瞧！"

尤哈已经有了超过一公顷的耕地，根据规定，他应该有的土地要比这块地小得多。虽然这块地曾经荒芜了很长时间，但尤哈种的大麦看起来长势非常好。显然，尤哈发现了先前的佃户留下的已经沤好的厩肥堆，并且挖出来用到地里了，有些地方还加施了一些与草屑混拌的新鲜马粪。不管怎么说，看来干得还是不错……不过，当东家见到尤哈新建的栅栏时，他不知道是该笑，还是该咒骂。瞧！一条崭新的，横杆式的栅栏穿过田地，把已经播种的地与休耕地隔了开来。木条、竖杆和捆带都是从附近最好的杉树林里采来的。栅栏后面旧的地里，一匹马正安安静静地站在一头躺在地上的牛的旁边。难道这就是从别人那里租来的牧马场吗？东家顿时怒火中烧，慢慢地向着尤哈家的院子走去。

屋里的人被他的忽然到访吓得惊惶失措。尤哈的眼睛就像两个灰色的纽扣，丽娜想把客厅匆匆忙忙地收拾一下，但是东家已经站在院子里了。东家注意到他的出现所带来的恐慌，因此他把自己的态度大大地缓和了下来。不过，他还是狠狠地训了他们一顿，让他们感觉到好像东家现在就要让他们退佃似的。但是，东家的语速慢悠悠的，并不着急。这可是个好兆头。最后，东家终于在台阶上坐了下来，开始用较温和的口气说话。既然尤哈现在有了一匹马和一头牛，他就可以接管所有的佃地了，交换的条件是，比如说，自带马匹干多少天工役，不带马匹干多少天工役，另外干多少天杂活，给农场交多少浆果，多少桶牛奶，丽娜要纺多少亚麻线……

这一天本来似乎要以凄惨的结局而告终,但结果却几乎成了值得高兴的一天。东家离开之前,还来到客厅,坐下来喝了杯咖啡。他走后,屋里仍然弥漫着庄严的沉寂。尤哈相信自己一定能成为"坚强的"佃农,能够跟比较弱的农场主进行较量。

尤哈还没有想到如何来就东家提出来的条件进行还价。东家就威胁说要把他赶出去,这使他吓得屁滚尿流。对他来说,现在该做的事就是马上动手,把栅栏挪个地方。不错,他把栅栏安在这里,这是聪明之举。看来东家骂他还是有点道理的。尤哈成了名符其实的佃农,人们逐渐称他为雅内。

在一个夏天的星期日,雅内穿着一件衬衫坐在院子里,琢磨着怎样改善自己的家境。这就好像是他的一块心病。他时而看看已经明显外露而且已经腐朽了的屋角,脑子里紧张地策划着。他不得不承认,在他有生之年他是肯定不可能住进新房子的。他的头发正在脱落,牙齿也在悄悄地坏死。妻子在客厅里,还有孩子,将来还会增加。他们住的屋子已经年久失修,用东家的木材盖一座新的?那是他连想也不必想的。"再说,拿什么付工人的工钱呢?房子里每一个榫接都得由木工来做。"雅内心里想。他自己不会干木工活,这是雅内身上的一个弱点,甚至可以说也是他一生中的一个小小的憾事。

要是把旧的拆掉,重新盖一栋,哪怕小一点行不行呢?东家是不会反对的,因为这样就无需动他的木材。这样做对尤哈的生活来说也是某种程度上的改善,同时又有助于改善与东家的关系。"冬天我要去运纸张挣钱……幸亏我没有把马卖掉,否则钱也早花光了,那现在我就完蛋了。当然,现在情况一定会好起来的,老婆也得学点儿新东西,不能像现在这样整天围着孩子转,我每次回到家里,总是这么乱七八糟。"

雅内慢慢地朝着牧场走去。他的头脑中产生了希望,正是这种希望促使他去看一看自己的马，冬天他将用这匹马去运纸。瞧，那匹马就站在棚栏门旁边，骨瘦如柴，怒冲冲地用尾巴驱赶着苍蝇。它两眼恶狠狠地盯着尤哈，伤佛在对主人说："瞧，我就在这里。去实现你的梦想吧！"

这里是他的马，那里是他的家小，不管日子好过还是不好过，他都得一天天生活下去，不可能停止，也不可能逃避。新的孩子一生下来，他手里就更紧，活动范围也因此扩得更大了，雅内必须往前冲。他的生活还包括农庄、东家和迄今尚未签订的契约。虽然这些因素表面上看来是互相矛盾的，但它们每时每刻都把某种东西引向某个方向。

黑麦已经成熟，按说这个周末就该收割了，因为明后两天他都得给东家出工役，但是雅内奇怪地感到自己的心似乎很不愿意这样做。星期三之前麦子是不会脱落的，他可以在早晨开始收割。什么事都是从早晨开始做最好。

他真正开始收割的时间是凌晨两点半，一抹朝霞染红了东北边的天空，但离拂晓还有整整一个小时。托依伏拉的客厅里，妻子还张着嘴在打呼噜，她的孩子成对地睡在她的周围，光着屁股，露着胳膊。只有雅内一个人起床了。他蹑手蹑脚地走着，以免吵醒别人。他用鼻子闻了闻奶壶，轻轻地骂了一声。上次喝了后奶壶没有刷，一股令人恶心的酸味扑鼻而来。他朝着正在睡觉的老婆又瞅了一眼。昨天又忘了告诉她刷奶壶。如果不说，这样的事她是不会记得的。雅内不禁心酸落泪，然后提着奶壶去装牛奶。他发现漏斗不见了，没有漏斗他怎么把牛奶从桶里灌进壶里呢？！他走出屋门，这才放声骂开了。最后他用一只盛过咖啡的脏杯子，费了很大的劲儿才把牛奶壶装满了。

而后，他又把面包塞进背囊。与他的意愿相违，他现在发现贮存的面包很快就减少了很多，他知道有一部分面包不是进了嘴巴而是飞到别处去啦。什么事他都不顺心，不管他怎么反对，她还是我行我素。"这个婆娘现在跟孩子们一起睡在客厅里打呼噜，而我却要到农场去给东家割麦。

镰刀哪儿去了？当然还没有磨过，只得到农场再磨了。"当他穿过院子时，他发现自己寻找的漏斗就在客厅外的墙脚旁，就在孩子们平时玩耍的地方。这是他今天早晨在家里所遇到的最后一件不愉快的事了。他沿着潮湿的林间小道往前走，心里感到欣慰的是，他肩上扛着的这把镰刀这次好像没有他所想象的那样沉重。走了一段距离后，他觉得他对留在他身后的家人还是感到很亲切的。种种幻想又涌进雅内的头脑，每当清晨走在通往农场的小道上时，他心里总是美滋滋的。

4点开始干活，路上要走一个小时。他得快点赶路，因为镰刀还没有磨呢。但是，他发现自己要面对这样的情况：在这样重要的日子，东家比平时提前一刻钟摇了铃，所以当雅内赶到东家院里的时候，佃户和雇工都已经下地了。东家满脸不高兴地站在院子里。

"看来，这个雅内喜欢老婆把头搁在他的衬衣上睡觉，所以老是迟到。"

东家说完后就咳嗽了几声，然后就转向另一边。雅内把背囊放在门廊里，接着就奋起直追。镰刀也没顾得上磨，所以他只好在路上用磨石稍微蹭蹭了。

毫无疑问，当时在芬兰所实行的佃农制已经出现了许多弊病。当然托依伏拉·雅内还不知道"弊病"是什么意思，他只知道拼死拼活地干，最多发发牢骚而已。就在那一天，他干了还不到5小时天就开始下雨了，而且雨下得很大，于是东家吩咐停止收割。"现在停工。"他说，"要是天晴了，你们明天早晨再来。"佃户和雇工们很勉强地背起了背囊，冒着雨回到各自的家。这天剩下的时间只能去跟他们的妻子儿女们吵嘴打架了。奇怪的是，第二天果真放晴了。佃户和雇工们又得背着背囊和镰刀，走同样长的路来农场上班。可是干了不到4小时，天又下雨了，于是他们又得沿着泥泞的道路走回家。那时，一个工作日是15小时，所以他们这两天只能算干了9小时。接近周末的时候，天气特别好，佃户们不得不在农场干活,而他们自己地里的黑麦开始脱落了。结果,他们只好利用星期天收割自己的庄稼。这样就只能把圣餐礼推迟到秋天,讨厌的是,那时这里的路可能是一片泥泞。

这些道路的实际情况如何,只要参加农场的秋耕就知道了。那时候,雅内用不着三点以前就起床,但是在黑暗中寻找那匹枣红马可不是一件容易的事,如果是一匹白马的话,那就要好一些。要是枣红马碰巧站着不动,马身上一点儿铃声都没有的话,那就只有凭借响鼻才能知道它的位置。然后,摆在他面前的就是糟糕的路况,在泥泞中车轮一直会陷到车轴。车上装着犁、犁杆和干粮袋。车上装这类东西很讨厌,当车行驶到路况最差的地方时,那些东西就会从车上滑下来。

犁地是农活中最艰苦的,特别是对马来说。犁地那天,东家差不多整天都在地里。根据自身的体验,东家知道应该如何对付佃户,因为如果东家不在地里,那么佃户就会磨洋工,手里的农具很少会摆动,这些佃户树立的坏榜样使农场的雇工也变得松松垮垮。于是,东家就会手持一根棍子在地里转来转去,一边转悠,一边不时地咳嗽。他站在长满苔藓的地里,注视着雅内。只见雅内边骂边喊,使劲拽他的马。但是,东家怀疑雅内这样做是装出来的。当马喘着气,嘴角颤抖着停在东家前面时,东家一句话也没说,拿起棍子狠狠地打在马身上。是啊,这样一来它就乖乖地走了起来。干活干得越久,东家挥动棍子的次数就越多。但即使如此,到了傍晚时分,这匹马还是远远地落后于东家自己的马。出役工的日子,特别是自带马匹出役工的日子,佃户和东家总是闹得很不愉快。

有些佃户想办法避免早起,因此他们带着农具前一天晚上就到农场来,但是这样做对雅内来说没有用处。他曾经试过一次,那天早晨的活计是剥亚麻,他必须 2 点到农场,他压根儿没有睡着,12 点半就怒气冲冲地爬了起来,把时针提前摆到 2 点,然后叫醒别的人。

跟习惯的力量对抗,即使是最强壮的人也是徒劳的。就雅内来说,只有在自己家里,丽娜在自己身边,他才能睡着,别的地方他是无法入睡的,这已经成了习惯。虽然婚后生活中有各种负担、不断地吵架和抱怨,但有一件小事每天晚上都是一样的,入睡之前,雅内总要把手放在丽娜的脖子上,轻轻抚摸她的肩膀,然后把她紧紧抱住,接着又轻轻地抚摸几下……就是这样,这是真的。他就是这样做的,只有这样他才能入睡。他再也不到农场去过夜。就是在剥亚麻的早晨,他也宁愿在一点钟起床,扛着沉重的亚麻碎茎机,在一片漆黑中,踏着泥泞,吃力地走向农场。

剥亚麻日是尤哈一年中最苦的工役日。剥麻时经常要比谁剥得最多,从凌晨 2 点一直要比到黎明,这段时间里只能喝到一杯甜酒,然后是吃早饭,早饭后就去树林里采集木桩。这个活儿一直要干到天黑看不见为止。

芬兰历史上最幸福的岁月里,劳动人民们就是这样干活的。那时,在地球最北端的这块土地上,在畏惧上帝但衷心热爱自己伟大而温存的国君的弱小民族中间,物质文明和精神文明都获得了飞快的进步。

冬天,雅内·托依伏拉按照他的计划,通过拉脚运纸来挣钱。他每次出门干两天,回家时口袋里就多了十多个马克。这笔钱并不是全靠拉脚赚的,其中有一部分是卖黄油赚的。然而,他发现钱有个怪毛病:不知道什么时候就飞走了。他不知道钱都花到了什么地方。很难说他家的生活比以前过得好了,而拉脚不利的方面却越来越明显,尽管雅内想方设法加以掩盖,枣红马还是变得越来越瘦,越来越衰弱,当他在农场干工役时,不管是干什么活儿,东家的棍子都打在他的马的肋骨上。牛棚里牛粪也越积越多,因为没有时间劈云杉树枝,所以母牛那里只得铺上麦杆。

情况就是这样,但是,每次拉脚可以挣 10 马克,这样的差事吸引了雅内,他一次又一次地出行。于是,早起也就越来越频繁,因为雅内必须在早晨出发前往坦佩雷市,晚上很晚才能回来。有人给他起了个外号叫纸雅内,因为每周至少有两次人们看到他和他的马在库斯考斯基造纸厂仓库门口装货。如果雅内街坊有人需要什么东西,大家就会建议说:"到托依伏拉找雅内去吧! 雅内会从坦佩雷给你捎回来的。"

但是,出门拉脚这件事终于给雅内带来了灾难。

雅内在城里买了两夸脱半伏特加酒,其中半夸脱是给自己的。天气很冷,他的脚和手都冻僵了,马身上也覆盖着一层白霜。回家的半路上,雅内就喝了第一口酒,从此以后,俗话说:得寸进尺,他就一发不可收拾。当他回到他住的那个地区,把两夸脱酒交给人家时,他已经喝得酩酊大醉。看见雅内已经开了个头,大家也都跟着他喝了起来,而雅内也不急于走人。他在邻居家一直呆到半夜,又吵又闹,但没一会儿大家又和好了。一次吵架时,邻居的太太故意刺他说,丽娜背着他把面包偷出来卖。虽然雅内对此早有疑虑,但在这种场合捅出来还是令雅内十分难堪。他真的不知道如何打掉这个尖嘴婆的威风,这时候他突然看见挂在窗框上的怀表,于是他问邻居他能不能买这块表。邻居表示只要雅内肯出合适的价钱他就卖。这笔生意很快就谈妥了。雅内带着怀表,口袋里揣着剩下的一块多马克向家里走来。此时此刻,在雅内的心里,老本杰明所特有的那种暴躁脾气正在发作。

他一边自言自语,一边驾着马车驶进了院子,解下马的套具,然后……然后就走进了客厅。一家人都在睡觉。雅内点上灯,轻声地但却十分严厉地说道:"好啊,这就是他们正在干的事……睡觉!"

他脱掉外套,但谁也没醒。他又脱掉坎肩,用力地摔到地上,大声吼道:"混蛋们,起来!"

丽娜、嘉莱和希尔图像挨了鞭子一样腾地爬了起来。看当时的场面,他们差一点就挨了打,因为雅内顺手从炉灶前抄起了一块很粗的劈柴,一面叫骂着,一面在客厅里四处奔跑。丽娜和孩子们顾不上穿好衣服就冒着严寒逃到院子里去了。这种事以往还从未在这个家里出现过。

雅内一个人在客厅里咆哮。其实，他并不完全是一个人，床上还一动不动地躺着一个小维莱，他在三个孩子中是最机灵的，但是现在他却一动不动地躺在床上，这有点蹊跷。雅内走到维莱床前，他的头脑开始清醒了。维莱大叫着，但并没有坐起来。

"我刚才打你了没有？"

维莱没有回答，只是颤巍巍地看着父亲。

雅内心里感到很难受，但又不知道该怎么办。他向四周看了看，发现了地板上坎肩和怀表的碎片。他蹲了下来，想仔细看一看：没错，怀表已经摔得粉碎！雅内这时才想起了一切，他一下就瘫倒在地上。他想起来了，他刚从坦佩雷回来，他去那里运过纸。

雅内的气消了，取而代之的是傻乎乎的发愣。丽娜和孩子们偷偷地溜进了客厅，他们已经冻得发僵，眼里噙满泪水。嘉莱显得特别害怕。但是父亲并没有注意到这一点。他呆呆地坐着，两眼直勾勾地盯着地面。慢慢地他打起瞌睡来了，不过他还是独自上了床，并且和衣睡着了。

对丽娜来说，这是一场噩梦。她浑身颤抖，边哭边叹了口气。雅内还不知道他出门时家里究竟出了什么事，他刚才暴跳如雷是有别的原因的。丽娜穿上连衣裙，她想出去看一看枣红马和雪橇。走出大门时，她看见了嘉莱脸上那种鬼鬼祟祟的眼神。昨天，嘉莱用木棍狠狠地打了一下维莱的脊梁骨，维莱很可能因此成了残废。一股悲痛和极端厌恶的情绪在丽娜心中油然而生：就在片刻之前，她比任何时候都清楚地看出了嘉莱身上他亲生父亲的特点。丽娜因此感到痛心疾首，她掩饰不住这种痛苦。

然而，生活在继续，他们又跨入了新的阶段。第二天早晨，雅内本来应带上马去农场干活，但无论是马还是雅内本人都已力所不及，只好欠一天工役。他从牛棚把牛粪运到院子里，到现在为止，牛的背脊几乎碰到了顶棚。由于拉脚运纸，这年冬天他就没有往地里送过粪。这次拉脚的结果,也就是挣了一块多马克,还有那块摔碎了的怀表,另外维莱因为脊梁骨受伤而不得不躺在床上。

这一天凄惨得不是言语所能形容的。这对不幸的父母连互相对骂都骂不起来,因为他们每人心里都感到内疚。嘉莱已经难以继续呆在家里,于是丽娜就偷偷地在外地很远的地方给他找了个安身之处。从此以后,他们再也没有在家里见到嘉莱了。除了嘉莱,希尔图就成了家里最大的孩子。她是个脸色苍白、沉默寡言的姑娘。丽娜又怀孕了,结果又是个女孩,取名为兰姆比。丽娜后来又生了个男孩,名叫马尔蒂。孩子们就这样一个接一个地来到人间。

在雅内和丽娜这样的情况下,他们的家庭关系是不会像较先进的家庭那样彻底翻船的,出现的只是一些小小的颠簸,而这样的颠簸就好像把生活的进程从一个阶段推向另一个阶段。每次颠簸过后,谁也不会再去想它,而是在新的水平面上继续生活。因为,不管是什么形式,生活毕竟是生活。就生活而言,唯一不可改变的事情就是它永远会继续下去。

最初,维莱的伤势有所好转,他能够自己活动、吃饭和睡觉。但后来他的脊柱骨又痛起来,最后伤口就开始溃烂。到那个时候,与维莱最初受伤有关的那些可怕的事情早被已忘得一干二净。雅内一家努力地生活,但家境却越来越衰落。雅内竟然糊涂到这样的程度,没有认真考虑就把马给卖了。

岁月流逝,转眼又是 10 年。

尤哈(现在又被重新称为尤哈了)·托侬伏拉的生命曲线慢慢地往下弯曲;他中年时对待生活的那种坚毅精神开始丧失了。如果公正地观察一下他目前的生活,人们就好像能听到他在进入美好梦乡之前所发出的那种深沉的叹息声。但是,当身子什么地方疼痛时,美好的梦境也就自然不可得了。在脑袋下垂之前,他也许会这样地长吁短叹好多次。在使人获得自由的长眠降临之前,人会感到痛苦,然后又平静下来,这样的情况会不止一次地出现。

卖马的钱很快就花光了。那些钱都给维莱买药用了，回家的时候尤哈的口袋里只剩了几个子儿。尤哈已经欠下了好几周带马的工役日，一般工役日他也只干了 12 天，而夏天的一半已经过去了。尤哈对东家说，他还没有找到一匹他愿意买的马。东家只是听他讲，没有说话。

老于吕莱已经死了。现在这个东家是他的儿子塔维蒂，他是农学院的毕业生。听说他曾经说过，父亲生前签的佃契对他不具有约束力；对于这些佃契，如果他不愿意承认，他可以不承认。农庄他是通过购置而获得的，他在佃契里没有看到任何有关佃农的条款。这是他刚当家时说的话，不过，迄今为止他还是"承认"所有他的佃户。

老托依伏拉欠了那么多带马工役日，那该怎么对待呢？

这是一个无风而炎热的星期日，下午 3 点。尤哈·托依伏拉穿着一件衬衣坐在客厅的门槛上，光着头，赤着脚。他里里外外都感到温暖和舒适。他不能老是考虑有关马的事情，况且他现在已经买不起一匹马了，可是他心里还很不情愿承认这一点。这是风向变幻前的宁静。这个小老头内心的痛苦使他几乎要流下眼泪来。

透过敞开着的客厅大门，不时传来维莱微弱的呻吟声。丽娜走到他面前，问他要不要喝水。现在她只能给他一点水，让他能润湿一下嘴巴了。他很久没有吃东西了。药也吃光了。虽说这些药起不了什么作用，但在孩子快要不行的时候，能够给他一些药吃，这对父母来说也是一种安慰。现在家里连药都没有了，这是多么令人伤心啊！他们只能给点水让他润润嘴唇，而维莱总是非常顺从地接受。

尤哈坐得时间越长，他听见维莱的呻吟声和喝水声就越频繁。至于那个已经离家的嘉莱，他是这场病痛的祸根，尤哈连想都没有想到过他。此时此刻，他甚至不再生丽娜的气。丽娜已经很虚弱了，她毫无怨言地承受着这场苦难。

持续不断的痛苦在尤哈心中产生了一种奇怪的、倦怠的感觉。在尤哈的眼中，阴沉沉的天气也染上了跟他的思绪一样的色彩。当他又一次想到，他也许还会买到一匹马的时候，心里顿时觉得轻松起来。维莱悲戚的哭泣如同对这一愿望的祝福，好像维莱也在乞求得到一匹马似的。就凭他受到如此深重的苦难，他的要求好像也应当得到满足。

尤哈站起身，他并不是要马上去办这件事。他只是穿上靴子和外套，出门去走一走。他朝着村子走啊走，越走越远，他知道他正在走向皮尔约拉农庄。他要到那里看看，然后才决定是否跟老东家谈这件事。他也许会在外面碰见东家，这样的话，要是不好意思跟他谈这件正事，那也可以很自然地跟他闲聊一阵子。

老皮尔约拉凑巧在他的烟草地里，他们很自然地交谈起来。这个老头还很亲切地询问起小孩的情况，是不是死了。

"还没死。"尤哈说

"是啊，这是上帝的安排。"老头一边往家里走，一边说："怎么样，来我家抽袋烟吧！"

"不了，我现在还得赶路。"尤哈回答道，并且使劲往肚里咽了一口水。

于是尤哈只好继续往前走，什么问题都没有解决。他那带百感交集的心沿着崎岖的小道向前移动着，但他的灵魂却僵滞了。在这种状况下，在这个星期日的夜晚，他不知不觉地走进了尼基莱农庄的新房子，对他来说，这座房子是教区里最陌生的。既然来到了别人的家里，就得讲清为何而来，否则人家会认为他是神经错乱。他向安东尼·奥利拉讲述了他的处境，安东尼现在已是一个中年男子。安东尼对尤哈好像并无敌意，他说话声音很响亮，就像在马厩里大声地对马夫说话那样。尤哈心情沉重地向他诉说着孩子病了有多久，药有多么贵等等。安东尼最后说："实话告诉你，我知道，借给你的钱，肯定是一分钱也收不回来的。叫我把钱随便掷到井里，我可不干。"

安东尼像年轻人似的穿过房间，好像在找什么东西，然后就走出去了。尤哈也站起身，走出房间，他丝毫也不感到沮丧。但是他不敢从厨房穿过去，而是悄悄地穿过宽大的门廊走了出来。当他开门的时候，门廊里许多小块玻璃窗好像很生气地响起了叮叮当当的声音。当他穿过院子走上大路时，他感到自由，感到安全。这个星期日夜晚，他不知不觉地走得有多么远啊！天气渐渐凉了，天空经过这样漫长而快乐的一天变得星光闪烁，空气凉爽宜人。

地里的庄稼正在抽穗。当他重新回到树林的时候，他觉得长满青草的土地闻起来有一股湿润的气味。在这样的气氛下走路，即使是最悲惨的人也不会仅仅想到自己日常的烦恼事。尤哈不去想下周的活儿，甚至连马的事也不去考虑了。他的心中充满了宁静的夏夜所唤起的那种思念之情。在这种情况下，在他那漫长的生命之路上，即使是那些遥远的经历也会不知不觉地在他的脑海里掠过。一种超乎自然的幸福感好像涌上心头，实际上这是虚假的。

此时，家里的人都睡了，连维莱也在自己那张破床上睡了。当尤哈在丽娜身旁躺下的时候，她醒了，但随即又睡着了。是啊，趁维莱睡着的工夫，她也应当好好休息一下。

芬兰的夏夜是令人愉快的。几十年来大自然通过日常生活折磨着尤哈，同时又推又拉地带领着尤哈在坎坷不平的人生道路上前进。突然间，在某个夏日的夜晚，大自然把尤哈日常操心的事从他那日益衰老的头脑里全都驱散了，让他的意识沉浸于梦幻般的景色所带来的那种湿润的宁静之中……他拜访了他的老家尼基莱，此行进一步增强了尤哈心里那种奇怪的感觉。对他来说，他最不可能做的事就是现在着手策划今后的工作，琢磨着如何摆脱困境。现在要通过别的途径才能获得幸福。他听到维莱躺在床上不停地呼吸，他不希望维莱死去，但他又觉得这个孩子的病是不会好的，这并不是因为……尤哈一连几个小时都睡不着，他也没有想办法让自己睡着。他的思绪终于找到了明确的方向。他决不能再去皮尔约拉和尼基莱,而是应当去坦佩雷附近的图奥利拉,那里不是有他的亲戚吗?他不考虑马的事,也不考虑诸如此类的事。不管怎么样,现在他非去图奥利拉不可,这个夏天就去。当他的头脑做出这个决定后,他的心情也随之平静下来。他从床上爬起来,穿着衬衣走到门口,但立即又返回去了,好像他怕夜空会毁掉他那已经成熟的想法。过了一会儿,他就睡着了。

第二天一早醒来,他真的开始收抬行装准备上路了。他向丽娜介绍了图奥利拉的情况,拐弯抹角地暗示,这次他绝对不会空手而归。丽娜嘀咕了几句,什么役工啊,生病的孩子啊等等,然后她就恢复了那种无所谓的常态。因此,尤哈可以顺利地进行这次旅行,他像梦游一样走啊走,一直到了图奥利拉他才终于醒了过来。

这个奇特的阶段就是饱经风霜的尤哈注定还将经历的新时期的前奏。

尤哈的舅舅图奥利拉已经死了。他是一个非常受人尊敬的农场主,他身后留下了崇高的启蒙思想,而尤哈是个糊里糊涂的人,他的来访完全无法与之相比。现在农庄是由年轻的继承人掌管着。少东家一眼就认出了尤哈。他领着尤哈穿过厨房,然后又从前厅来到自己的卧室。就在这个时候,前厅里响起了电话铃声,尤哈还从来没有这么近地看到过这个玩艺儿。一个胖乎乎的少爷走过来接电话,他是少东家的弟弟。他在电话里说的是芬兰语,尤哈虽然通过敞开的房门听到了他说的每一个字,但他却什么也没听懂。"……民间诗歌……范普萨拉,"这时,少东家从房间里大声喊道:"让他到咱们家来吧!"

尤哈发现大部分时间是由那个小少爷陪着他,他对尤哈非常客气,他老是问他关于民间诗歌的事,而尤哈对此却一无所知。关于"传说"他模模糊糊地知道一点儿,但是现在即使是搜肠刮肚也一个都想不起来了。

相反地,他喋喋不休地谈他家里的事,小少爷听他讲,不时地插话:"真的是这样吗?"最后他给了尤哈 10 个马克,并且把尤哈领到已经为他准备了床铺的房间里。然后他说了声"晚安"就离开了。

"晚安!"尤哈回答道。

屋子里只有尤哈一个人,那里窗明几净,空气清新,沁人肺腑。呆在这样的环境里,尤哈感到,这次旅行好像显得非常神秘,而这点根本就不是他所引起的。尤哈察看了一下他要盖的床单,他觉得这样的安排很新奇。床单很薄,很白,一共有两条,上面一条不知什么原因跟毛毯卷在一起。尤哈把这条床单抽出来铺在下面,他还想起了小少爷给他的 10 个马克,然后就伸了伸懒腰,躺到床上。

从老远老远的地方好像传来了维莱的呻吟声,声音非常清楚,过了一会儿他才意识到这是不可能的。一阵思念之情突然涌上他的心头。他的头脑已经从长时间的昏睡中清醒过来,但是他那疲倦的躯体却在极其洁净的环境中睡着了。

死神的功劳

Chapter 5

八月份，白天又长又炎热。在绵延 15 英里的林区里，最能感受到这种天气的真实状况。这片辽阔的林区把两个肥沃的教区分隔开来，蜿蜒地穿过这片林区的是一条通往北方的道路，这条道路自古以来就被称为北方大道。

一代又一代，当人们独自一人沿着这条道路行走的时候，他们感觉到由这个地区的荒凉而引起的恐惧感正在他们的血液中轻轻地骚动。每当他们坐在自己的大车上从城里回来的时候，他们总是迷迷糊糊地睁着眼睛，对周围的景色视而不见，深深地陷入沉思之中。随着路程一英里一英里地过去，他们用批判的眼光审视自己身上因酗酒而暴露出来的那些幼稚的行为，回忆着过去，展望着未来。当第一个村庄隐隐约约出现的时候，他们终于可以如释重负地大声喘息。这里的林区中间，连最小的山丘都有自己的名字，这些名字连远在两三个教区以外的人都知道。这些山丘常常帮助出行的人估算出他们已走过的路程。当人们沿着山丘慢慢往上爬行的时候，他们常常思念家里的情况，但又悄悄地被命运之神所征服。道路两旁是绵延不断的清一色的松林，很难知道这些树林是属于谁的。这里既没有鸟儿的鸣叫声，也没有兔子出没。有一个地方显然有人曾经搭过木屋，甚至在里面住过，但却没能坚持多久。如今钉在窗户上的木板条都已经变成灰白色了。

夏季，只有牛虻跟随着出行的人从一个教区走到另一个教区，一路上它们围着热气腾腾的马匹不停地转悠。

正午，在这片林区的某地，尤哈·托依伏拉正坐在路旁，他热得气都喘不过来。他到过图奥利拉，离开那里也已经有 3 天了，而他还只走到这里。他一路上走得很慢。在坦佩雷逗留时，他在自己熟悉的一家商人开的客店里过夜，早晨在集市上买了一个面包吃。他还买了半公斤咖啡和同样重量的白糖，钱袋里还剩下 8 个马克，一个 5 贝尼的硬币和 3 个小铜币。在图奥利拉农庄小少爷给他的 10 个马克现在还剩下这么多，尤哈为如何用好这笔钱而大伤脑筋。他真想喝上一口,但没有勇气走进小酒店。这8个马克是他郑重其事地拜访图奥利拉弄来的,所以他觉得格外珍贵。这些钱像灼手的火炭,使尤哈坐立不安。家里到处都等着钱用,可是这点钱无论如何也堵不住那么多窟窿。至于用它买马,那更是不着边际的事……再说,正是为了买马……每想到买马的事,尤哈总是用苦笑聊以自慰。

林区里一片死沉沉的寂静,尤哈可以毫无约束地抒发他内心的忧愁。在这里,他用不着对任何人发脾气,也用不着故弄玄虚。他经过长途跋涉,快要回到自己的家乡了……到后天早晨,他离家就整整一个星期了……不管旅行多么令人苦恼,带着这样的心情回家总是有点儿伤感,特别是当旅行的确很不愉快的时候。他快要回到自己熟悉的、凄凉的家了,这个老人几乎忍不住要掉下眼泪。尤哈·托依伏拉已经老了。他感到,这次旅行是他几十年来最长的一次旅行,他觉得自己跨越了一道诡诈的门坎,门坎的另一头的台阶很低,粗心的人跨过去的时候,就会悚然一惊,失去平衡。尤西·托依伏拉正在跨越这道老年的门坎,他感到惊恐万状。他刚刚从图奥利拉回来……童年结束时,他曾在那里亲眼看着自己的母亲死去……现在他正坐在路旁,他深深感到了自己老了。

现在衰老期已经降临到他的身上。忏悔这个魔鬼是随着老年而来的,现在它首次用铁爪把毫无防备的尤哈紧紧抓住。这5天的旅程就好像是对他过去一生艰苦奋斗的简短总结,它好像从尤哈身上脱离出来,使他能更清晰地看到自己那并不怎么得意的一生。所有他一生中所发生的成千上万件小事全都归结到一点,就是说,实质上这些小事没有一件对他是真正有利的。这类事情多得实在可怕,当它们企图同时涌进尤哈的脑海的时候,他的躯体就不知不觉地往后退缩,就像以往常常发生的那样,准备继续上路。但是这次魔鬼誓不罢休,它仿佛在说:"你累了,天气很热,还要走那么远的路,你知道得很清楚,家里等待你的又是什么东西。

所以,还是坐下来歇会儿吧,你这个走亲戚的人!"

　　想起他离家时心中所怀的那种天真的乐观情绪,尤哈啐了一口唾沫。这一周的役工又没干。他已经欠了多少个工役日了!从春天起就没有干过带马工役日……马被卖掉了,"是的,我确实把马卖掉了,只不过到现在我才清楚地意识到,我将不再会有马匹了。"买药后他的背囊里现在只剩下 3 个贝尼。这一下不可避免地勾起了他更加痛苦的想法:"丽娜……那时候我娶了她……就是这个女人,这些年来我跟她一起生活,夜里我就睡在她的身旁……"想着想着,他对丽娜好像有了一个完全崭新的认识……他看到了丽娜身上所有令人反感的品质,这都是惊人的、不可挽回的事实,不知什么原因他跟这些东西却紧紧捆绑在一起。丽娜并不依赖尤哈,而尤哈也不依赖丽娜;他们俩肩并肩地依赖于生活。过去数十年的艰苦岁月里,沿着看不见的渠道,他们俩在不知不觉中互相吸取了对方身上那些酸腐的东西。当他们吵架的时候,他们是在跟自己吵架。每年夏天他们一起去教堂参加圣餐会。夜里,如果在别的地方他们就睡不着觉,要想睡着他们只能睡在同一条被褥里,除了咳嗽、哼哼声和辗转反侧之外,相互之间已经没有什么话可说了。

　　在渐趋衰老的尤哈那迟钝的头脑里,某种对生活的新看法正在形成,这也就是通常所谓的人生观的形成过程。对这个瘦弱、秃头的老家伙来说,让他学会理解上述术语的含义要比让他学会驾驶飞机还要难得多,但是这个过程却在尤哈身上如期开始了,这就如同秋天树木要落叶那样,尽管树木并不懂得这种植物学规律。尤哈觉得,现在他很清楚地明白了生活是怎么一回事……原来它是一种枯燥乏味的酸果,但是生活的压力太多了,以至于人们没有能力来处理自己遇到的问题,因此人们总是疲于奔命,几乎被这种酸溜溜的东西压得喘不过气来,就像一个孤独的垛草工在干草大棚前不停地干活,而 10 辆两匹马拉的大车不停地把干草运到他的跟前,直到他最后倒地死去……

死的念头使尤哈从路旁蓦地站起身来,驱赶着他继续往前走。他老了,已经 50 岁了。他会在什么时候,以什么方式死去呢? 在尤哈的脑子里从未想到,他与他家人以及与此有关的大大小小事情之间所形成的联系将会以某种的方式突然垮掉……这是什么时候以来的事情? 当然是从人间世界开始以来的大大小小事情,否则就无法说清楚,这是一件包罗万象的事。这种联系就像人间世界一样。在他的周围活着和正在死去的人,他们也是这种联系的一部分。尤哈心想:"是啊,我总是要死的。一个人死的时候有什么感觉呢? ……上帝? 这里现在有个属于上帝的空位置。现在我算是明白了什么是上帝。原来他是要让我死得很顺利。看来,他把这个难以理解的、枯燥无味的、巨大而必然的人间生活做这样的安排,目的就是当我死去的时候,让生活不至于因此而崩溃。"

用语言来表达尤哈最原始的思路是不可能的。在做了一次稀里糊涂的旅行后,他现在正在回家的路上。这次旅行在图奥利拉一家看来是完全无法理解的。到达目的地后,尤哈发现这次出行的目的,那些自以为聪明的打算,已经完全落空了。当他独自一人带着种种想法缓缓移步的时候,他坚信自己就是他的意识所控制的这种生活的中心,就像他总是处于他头顶上那片天穹之中那样。他是孤零零一个人,世界就在他的周围。他无精打采地拖着疲乏的步子蹒跚在自己所熟悉的故土上,对他来说,这一天又像是一个稀松平常的日子,又像是一个神秘的节日。他的家好像换了面貌,他不在家的时候它好像也在进行思索。家里可能还有点面包,要是没有了,用这 8 个马克至少可以买一大堆面包。啊,他总算到家了,不过,这个家对他来说好像非常陌生。

尤哈用尽最后的力气登上门廊前的两级台阶,走进过道,打开了房门,他所熟悉的朽木腐败的气息扑鼻而来。丽娜坐在客厅里面的长凳上,正在缝制一件白得出奇的布衣服,见尤哈进屋也没吭声(在他们家里互相见面时是不致问候的)。只是没见维莱的影子。

客厅里这种奇怪的景象使尤哈的心情更加不安,而这种不安的心情早在路上就已经出现了。原来在他离家期间,维莱已经离开人世。尤哈把狗皮背囊挂在门边的挂钩上。谁也不愿首先开口,孩子们也默不作声。尤哈和家里的人压抑着内心的痛苦,互相询问了几句之后,谈话终于开始接近主要的话题,此时只有尤哈一个人在发问。

尤哈脱掉靴子和外套,独自坐在门廊的台阶上。夜晚凉风习习。他的情绪仍然很激昂,不过他那略有端倪的人生观却遭到了打击,而且开始动摇。维莱的死使他感到如释重负,以至于他还不能马上就理解:在他身上那种枯燥乏味的、酸溜溜的物质会不会开始减少并且变得甜滋滋呢?如果是这样的话,那么他还可能从人生的苦海中冒出头来喘口气。

图奥利拉之行开始呈现出一种新的色彩。6天功夫得到了10个马克,这是相当不错的,再说,回家后那种窘迫感也再也感觉不到了。孩子当然要埋葬,但是下一步又该怎么办呢?生活中还有许多烦恼,所以这种轻松只是短暂的。

但不管怎么样,死神还是达到了目的,当尤哈坐在台阶上的时候,维莱的死使他觉得比以前振奋多了。这可以从他很麻利地申斥在院子里戏闹的孩子的声音中听得出来。

然而,大自然又慢慢地进入秋天。早在仲夏时节,秋日景象就已经在枝繁叶茂的树林和秧苗低垂的庄稼地里悄悄地出现。人们还可以穿着衬衫干活,晒得黑油油的皮肤从衬衫的裂口处露了出来。青筋暴突的手握着犁耙,却觉得热乎乎的,从堆放在小屋旁的干草垛传过来的气味也是热乎乎的,而刚捆扎好的桦树枝条①散发出的清香却是比较凉爽。芬兰内地的大自然用温暖、阳光和芳香把隐藏在山里的人间巢穴所遇到的小小苦

---

① 桦树枝条:芬兰最有特色的民俗就是洗萨乌那(sauna),又称芬兰浴,中国人称之为桑拿浴。洗萨乌那时,沐浴者不时用浸软的桦树枝条(又称浴帚)拍打身体,以促进血液循环。

难全都遮盖起来，不让它的味道变得太刺鼻。但不管怎么样，在这个人间巢穴里总是充满沮丧。首先，直到仲夏节为止，这座小屋的围墙上布满了希望之花，但在这些希望实现之前，一阵痛苦的回忆会直刺观众的心头。八月，中午的天气仍然使人昏昏入睡，但是，当阳光映照在佃农家小姑娘的后脑勺和她那稀疏的淡褐色发辫上的时候，一股忧郁之情就在人们心中油然而生。

　　每年夏天，住在林区木屋里的人和住在教区中央平原上的人都忙碌着，他们的生活在表面上具有同样的内容。他们都必须在广阔的土地上辛勤地耕耘、播种和收割。这已成为人类之子命中注定的事业，不管他们是多么地虚弱，他们都必须全力以赴。甚至他们中体力最弱的人也不能例外。在沉重的农忙季节，每天晚上他们都感到越来越疲惫。随着日月的流逝，一个又一个到来的夏天让他们感到越来越劳累。

　　死亡使人奋进。维莱死后，托依伏拉家的日子在很长一段时间里几乎就好像过节似的。即使在辛辛苦苦干活的时候，尤哈仍然会情不自禁地回顾以往的岁月，不管什么情况，对他来说，往事周围总是围绕着一道淡淡的灵光。尤哈更容易发脾气了，因而也越来越少言寡语了。他那后脑勺的头发显得越发蓬乱，一对小眼睛里流露出冷淡、严酷的表情。他又认真地去农场出役工。东家准许他干活，而且也不再强求他带马来干活了。当大伙吃罢晚饭坐在院子里休息，随便东扯西聊的时候，尤哈这个老头子便开始讲起上帝，一讲就没完没了。讲话中，他当然会谈到他那所谓"酸性的"人生观，同时他说话时总是带着一种大声责问的腔调，这使东家和其他的人寒毛直竖。大家很容易地觉察到，近年来尤哈变老了，特别是这个夏天他变了很多。

　　不过，这一切只是发生在尤哈心情平静和高兴的时候。尤哈内心深知，儿子的死提高了他在家里的地位，这不仅表现在别人的心目中，他自己也这样认为，甚至在某种意义上说，在上帝面前也是如此。他想，现在他已经处于同上帝最接近的人的行列中，就像工人跟老板的关系那样，他既不需要对上帝甜言蜜语，也不需要谄媚求宠。绝大多数普普通通、爱好虚荣的人只知上帝其名，却并不真正了解上帝，因此，必要的时候就应该对他们疾言厉色。

这年夏天的晚些时候，当尤哈沿着熟悉的栅栏旁的小道回家的时候，他的脑袋里不再有任何令人烦脑的计划，也不再为以前那些计划的失败而懊恼。他从图奥利拉回来后，生活好像暂时停滞不前，好像在静悄悄地等待时机似的。维莱已经死了，但尤哈却很清楚地意识到，生活仍然在寻找新的方向。他的确有许多该做的事；现在既然没有了马，那么就得想办法来对付他的佃地。但是他的头脑很奇怪地拒绝考虑这个问题。幸亏东家一次都没有提起过这件事。现在似乎应该先干点别的事；但具体干什么，他还没琢磨出来。好吧，那就先等等看再说。

在托依伏拉家的许多年来，劳累已经成为正常的现象。女主人丽娜生来就是一个萎靡不振、胸无志向的人。即使是在她完全成年之后，无论是盐水、土豆还是酸牛奶，都无法使她坚强起来。她抱着孩子坐在椅子上，常常想，那种督促女仆出嫁的念头是多么愚蠢啊。她十分认真地回顾出嫁时的动机，重温往昔独身的快乐感受。原来，女仆有个很大的优越性，那就是晚上睡觉的时候，无需考虑明天该干什么，今天还有什么没干完。对女仆来说，这些问题是不存在的，但是对佃农的妻子来说，这些问题却无尽无休地折磨着她。随着孩子们的出生，整个情况就立刻颠倒过来。生育本身就像现在这样没有什么变化，但对于一个女仆来说，生育暴露了她生活上的轻佻。然而，对于佃农的妻子来说，这只不过是她一生中一件平淡无奇的事罢了，是一件在局外人看来值得同情的事。尽管它是平淡的生活的一部分，但却是女人命中注定的，所以女仆们希望出嫁也是理所当然的了，可能这是女主人的多嘴多舌造成的吧——她说出嫁是为了争得自由。不过，每当丽娜想起她当女仆时那些放荡不羁的日子，总不免对这种说法报以苦笑。老头子不在家时，当她在炉灶旁等待咖啡壶烧开的时候，回忆回忆当年的生活还是很有意思的。

丽娜越来越感到疲乏。最后一次分娩后，她的身体出了问题，她得了一种难以启齿的妇科病，她不好意思跟别人说，更不好意思跟尤哈说。今年夏天，她的病情越来越严重。疾病使她更加疲倦和衰弱。在搬草的时候，她有时会忽然感到头晕目眩。由于她必须对病情保密，许多别的麻烦都出现了。她必须让尤哈睡到别的床上去！她果断地向尤哈提起了这件事，脸上略为带点儿怒气，而且不作进一步解释。老头子盯着她看了半天，只能自己找理由来进行推断，他最终还是顺从了。近来这个老家伙本身也有了很大的变化。

对丽娜来说，最难忍受的是浑身乏力。现在她不得不放弃一些家务活。当老头子不在家的时候，她就越来越频繁地躺在床上喘气。希尔图这个孩子非常好学，什么都想试一试，好像她的血管里流着另外一种血。不过，虽然她已经行过了坚信礼，但她干活时还不能完全得心应手。丽娜又不能老责骂她，因为她看起来就像天使的影子一样虚弱。希尔图从未因调皮捣蛋而受到责罚。如果真的吓唬她一下，她就会立即嚎啕大哭。许多像她现在这样年龄的女孩子已经在偷偷地追小伙子了，希尔图却是如此文静，如此虚弱，如此不能适应周围的环境，以至于即便她死掉，丽娜也不见得会为她流出眼泪。所以，丽娜常常不愿意让希尔图去干活。不管自己身体多么不好，她都自己干，或者推迟到下次再干。

夏天，农时是不能耽误的，即使是疲劳不堪的人也得尽力而为。尤哈拼命地忙活，丽娜也尽可能地干。与此同时，尤哈还比以往更多地去农场干活，免得东家头脑里常常出现收回佃地的念头。在家里，尤哈拼死拼活地用手推车把地里的麦子运到谷仓，这样一来，他自己却落下了一种必须隐瞒的、羞于见人的病——疝气。生活就是这样的繁重！

夏天是农忙季节，它好像是分成一系列路段的旅行，不管你刚走完一段路后感到有多么疲乏，都不能休息，你必须继续走下去。你看不到旅途的尽头，你也不想翘首远望，因为到头来除了死亡，还会有什么呢？

一个星期六的夜晚，桑拿屋里的蒸气好像格外清香；不但清香，而且浓郁。不过，蒸气中一定还隐藏着别的气体，因为丽娜从桑拿屋回来后就直接躺倒在床上，几乎连坐下来脱掉短衫的力气都没有。她躺在床上一语不发，不停地大声喘气。第二天早晨，她仍然躺在床上起不来。丽娜现在是名符其实地病倒了。第二天，佃户村里有人就在这样议论："听说丽娜·托依伏拉病倒了。"

"真的吗？这是什么时候的事？"

"噢，星期六晚上，她去洗澡，开始觉得不舒服，她疼得很厉害，差点儿连堂屋都回不了。今天，尤哈上我们家找药来了。"

"你给他了没有？"

"我还有点儿蓖麻油和救心丸，但是，你知道，如果是心脏病，什么药都治不了的。"

此后，话题便转到他们村里不同时期婆娘们害什么病上去了。

丽娜的病痛很快就加剧，折磨她的另一个麻烦是她所患的病的敏感性——人们有这样一种根深蒂固的看法：这种病是肮脏的，羞于见人的。但是过了不久，家里人很自然地就知道了她的病情。尤哈明白了为什么丽娜要求分开睡。希尔图也知道了母亲所患的病，不过，她在脑海深处仍然记得那天晚上洗澡的事，因为正是那次洗澡使母亲从此卧床不起。从那天起，她就开始计算母亲病了几天，几周，并且不时地猜测母亲何日将康复。孩子们谁都没有想到过母亲会病死。对那两个小孩——两岁的马尔蒂和四岁的莱姆比来说，母亲生病就跟维莱死去一样，是意想不到的好事。马尔蒂也许什么感觉都没有。白天，他们大部分时间是在外面院子里度过的，夜里，即使丽娜不断地呻吟，他们也照样酣睡。

对尤哈来说，丽娜生病就好像预示要发生什么似的。在村里，他会主动地向一些他所看重的人滔滔不绝地谈论丽娜的病,在家里,他则忙忙碌碌,该干什么就干什么。所有他从熟人那里拿来的药,他都给丽娜吃了,但都没有效果,于是他打算去药房买药。奶牛还在产奶,不过挤干了也不过那么一点点,经过仔细压榨后,他最后把牛奶制成了 3 公斤黄油。他把它交给一个朋友到城里去卖。可是卖的钱不够支付药费。好在药房老板是个好心肠的人,他答应让尤哈赊帐,不够的那部分钱以后可以还他。尤哈走了整整一天的时间才回到家里,屋里的人立即沉浸在节日般的气氛之中。马尔蒂和莱姆比两人都抢着要药瓶上那个好看的纸盖子,丽娜也觉得神清气爽,在喘气稍停的时候还亲昵地说了孩子几句。

生病是件很自然的事,同样,日常生活中的需求也是件很自然的事。尤哈深深懂得这一点。因此,当他要到村里去办事的时候,他就毫不犹豫地把照看孩子的事交给丽娜,需要他奔忙的事越来越多,因为现在他已经没有马了。自己地里收割来的麦子并不太多,但也得磨成面粉。他现在必须走很长一段路,用手推车把麦子送到村里的磨坊去。据说这个时候磨面要等很长时间,因为此时恰逢磨面的高峰期。另外,村里人又往往为排队的先后顺序而争吵。将近午夜,尤哈才饿着肚子,不时地擦着他那光秃秃脑袋上的汗水,从磨坊沿着漫长的林间小道回到家里。现在他格外珍视手推车上的面粉,因为一个颇为令人欣慰的念头油然而生,那就是现在这面粉再也不会背着他偷偷不翼而飞了。家里等待着他的是同样熟悉的境况和气味。当他从外面那夜间清新的空气中进来的时候,他感到这股气味比平常更加浓烈。孩子们没有被吵醒,这对老夫老妻只是互相看了看,什么话也没说,两人都显得十分疲惫。

肉眼看不见的癌症正在悄悄地扩散,屋子里难闻的脓臭味越来越重。两个小孩子在绵绵秋雨期间不得不乖乖地呆在屋里,对这种气味,他们的鼻子多多少少已经习惯了。相反地,希尔图却更受不住了。像修女一样严肃的希尔图,现在拖着纤弱的身子,忙忙碌碌地干以前她母亲承担的活计。她从来也不跟母亲说话，只是惟命是从，母亲叫她干什么她就干什么。丽娜说话已很困难，因此对希尔图的工作情况她很少过问。对希尔图来说，听懂她母亲的咕哝并不十分容易，有时候，她只能听懂这样几个字："什么……我……在乎……天哪……保佑我……"最后的几个字使希尔图感到害怕。她呆在原地发愣，睁大眼睛看着母亲。难道她要死去吗？母亲又喘个不停，双眼紧闭，身子一动也不动。这时希尔图怀着一种对母亲的疏远感赶紧挤奶去。从心理上看，她实际上还是个孩子，可她又不得不扮演成人的角色。

有一次，尤哈又在外面呆到很晚才回家，这时两个小孩已经睡着了。黄昏时分，希尔图也在她父亲的床上打瞌睡。她做了一个梦，梦中仿佛听到母亲几次在呼唤她的名字。当她醒来听到她母亲真的在呼唤她的时候，她的心险些停止了跳动。屋子里几乎是一片漆黑；出了什么事？她不敢回答，于是她母亲又一次呼唤她。

"什么事？"希尔图紧张地问道。

"点上灯。"

希尔图照办了，心里却一直在想着，父亲不在家。如果母亲现在死了，孩子们会怎么样呢？他们在这片树林里孤苦伶仃，无依无靠。要不要把莱姆比和马尔蒂叫醒呢？在她转向她母亲之前，她刚好看见他们俩那紧挨在一起的瘦削的面孔。母亲脸上痛苦的表情驱使她向她母亲身边走去。希尔图穿过了房间，她感到她好像是一个人在树林里。但是，母亲还活着，而且还吩咐她做事。母亲请希尔图帮忙，这在她生病以来还是第一次……希尔图终于看到了病人身上所有的隐秘，闻到了一股湿淋淋、热哄哄的恶臭。她感到一阵一阵地恶心，但同时她却产生了一种对母亲未曾有过的亲近感，好像女儿跟母亲是同等年龄似的。她现在才注意到母亲皮肤上的黄点和她那异常消瘦的身躯。母亲已经瘦得面目全非，似乎她原有的特征都被一扫而空。此时此刻，即使她母亲立刻死去，希尔图也不会感到害怕的。

　　然而，丽娜那天夜里并没有死。尤哈一直没有回家，因为他拐到皮尔约拉找老东家去了。他本来打算向老爷子借钱，但是老东家却狡猾地把话题扯开，弄得尤哈根本没有机会说出自己的事。相反地，老爷子却颇为同情似地听了丽娜的病情介绍，而且还听完了尤哈对上帝的指名道姓的一段议论。最后，老东家还详细地向他介绍了一种药，根据他的经验，这种药是最适合治疗丽娜的病。尤哈对此感激万分，几乎以为自己来皮尔约拉的目的就是为了寻找治疗丽娜的药。

　　他回到家的时候正赶上希尔图在帮母亲的忙。这种奇怪的情景和丽娜脸上的表情使尤哈内心深处确信，丽娜已经不再需要任何药物了，但是对他来说，他反而觉得他更有义务去试一试。不过，是现在就走还是等到早晨再出发去寻找所需要的药草，他有点犹豫。丽娜好像平静了一点，她闭着眼睛，一动不动地躺在床上。尤哈和希尔图也去睡觉了，但灯却亮了一夜。

　　拂晓前平安无事。天一亮，尤哈就出发去采药，他所需要的药也只是一些苦樱桃树树皮而已。用这种树皮可以熬成很浓的汤药，稍为冷却一下就可给病人服用。虽然这种药汁非常苦，但每喝一口可以加一小块糖。

　　早晨，丽娜感到非常虚弱，尤哈必须把她扶起来才能喝药。开始时她不想喝，但在尤哈一再要求下，她让步了，总共喝了三大口。可是她立刻就呕吐起来，而且呕吐得十分厉害，简直喘不过气来。一阵恻隐之心涌入尤哈的心头，他觉得他好像是在虐待一头失去自卫能力的小牲畜。这就是他用药的结果。病人用手抚摸她感到疼痛的部位。尤哈微微掀起被子，发现病人在大出血。尤哈想立即采取措施，但丽娜用那微弱的声音恳求道："不用了。"尤哈只好把被子放下。

　　这是丽娜最后的一句话。从此以后，她就失去了知觉，再也没苏醒过来，尽管她的生命一直维持到了晚上。在这破烂的木屋里，三个孩子和父亲一起等了好几个小时,等待着母亲与世长辞。他们当中时而有人站起来走动,去坐着休息一会,然后重新回到病人床前。丽娜终于停止了呼吸。丽娜·托侬伏拉就此长眠了。她生前算不上是个好的女佣,可能更算不上是个好的女佃农,但是不管怎样,她还是挑起了这付重担,并且给这个世界留下了好几个孩子。她在世时是微不足道的,但当她断气的时候,她的孩子却都失声痛哭。

尤哈的内心深处被触动了。丽娜的死使他想起了自己的母亲在异乡死去的情景。在他的记忆中,他觉得当他对早期生活进行回忆的时候,那座陌生房子老是隐隐约约地掠过他的脑海。而如今,在自己这些哭泣的孩子面前,他感到这就是他的家。想到这里,他两眼不由自主地湿润了,接着一滴亮晶晶的眼泪就掉到了他的鼻尖上。

在经过了多年的共同生活后,当妻子死去时,丈夫在内心深处感到,虽然眼睛看不见,但一个扎得很深的根基好像从他身上拔掉了。不管这种根基的性质如何,这种影响是很强烈的。在很多情况下,婚姻对双方来说都是个沉重的负担。因此,在这种情况下,配偶中一方的去世所带来的是另一方痛苦的减轻。如果活着的一方生性笨拙的话,他对此就会不加掩饰。不过,许多人在痛苦减轻的同时,也深深地怀念死者,真可谓悲喜交集。他们那被拔掉的根基所遗留下的空虚总是不由自主地被对孩子们的眷恋所填补。如果孩子能在他们心中扎根的话,他们就不会感到孩子是拖累,而是真正的安慰。尤哈的情况也是这样。

在丽娜去世和此后的几天里,尤哈心里感到舒畅、平静,这种情绪是自从他确信必将得到丽娜的那个夜晚以来就再也不曾有过的。他对孩子也不发脾气了,反而像一只慈母般的老鸟在小鸟周围飞翔那样为孩子们四处奔波。现在的生活中似乎掺进了一点欢快的气氛。佃户所遇到的种种问题统统被遗忘到脑后。尤哈心想,让他们现在把我赶出去吧——那又有什么关系来呢?当你在埋葬前为死者诵经的时候,谁还会怕那报丧的乌鸦叫呢？对这样一个妻子刚死并且还留下好几个孩子的佃农来说，现在就是把他赶出去与其说是雪上加霜，还不如说是锦上添花。像尤哈遭遇到的这种较轻的磨难，在亲友中是不会像严重的磨难那样引起猛烈的震动。尤哈还欠着役工，所以以往他见到东家自然会想要躲避，但这次他把这种心态却完完全全都忘掉了，他毫无顾忌地去找东家诉说自己的难处，他没有钱安葬死去的妻子。东家当然就给了点钱，这点尤哈从来也没有怀疑过，对这样一个刚死了妻子的丈夫怎么能不给点钱呢？现在一切都有了着落，何必再去添置一匹马呢？奶牛才是他现在真正需要的东西——它可以给他们提供足够的黄油、奶酪等食品。面包现在是绰绰有余，因为缺了一个吃饭的人，况且她还是一个悄悄变卖面包的人。希尔图大概不久也将被安置出去，剩下的也就是他、莱姆比和马尔蒂了。是的，一切都会好起来。今年夏天，他在北方大道上跋涉时所感受到的那种焦虑已经成为遥远的过去。现在他甚至情不自禁地哼起小调来了。

这种变化在一些小事中还是能体现出来的。过去，当那些邻近的老婆娘们来托依伏拉家串门的时候，尤哈对她们总是凶相毕露，因为他觉得她们是来破坏他的家当的。她们来不是为了喝咖啡，偷偷拿走几袋粮食，还会是为了什么呢？而如今，同样是这帮老婆娘，他不得不要求她们帮助死者洗身装殓。所以当她们果真来了的时候，尤哈感到很高兴。起初，她们都很严肃，但当一切已就绪，棺材抬到谷仓后，她们的嘴巴就像松了绑似地说个没完，她们险些要给尤哈做媒哩！老婆娘们走后，有一段时间尤哈感到很空虚。他希望葬礼能早日举行，现在这是头等大事……

对尤哈来说，讲话中不时地引用圣经的内容是越来越容易了。很少有人会反驳他那些引经据典的讲话。一个星期天的早晨，尤哈通过拍卖把旧马具和一些零杂物品卖掉后，来到农场的厨房。他跟女主人聊了一会儿，这时少东家走了进来，请他到客厅里去。这种事自从他跟老东家第一次讨论佃地以后还从未曾有过。尤哈现在用拍卖来的钱还了欠东家的债。接着,话题很自然地转向尤哈的佃地的事上。起初,东家严厉地指出,尤哈已经欠下了大量的役工。对此,尤哈用很温和的口吻表示同意,并解释说,今年夏天自己处处不走运,东家对此表示理解,并且说他不打算逼迫他,但是佃地的事总得想办法解决。东家说,尤哈没有了马就不可能租种所有的土地……听到这里,尤哈不由得一哆嗦,并且竭力想使东家相信,他或许将来还可能……

"你现在没有马,"东家又开始变得严肃起来,"你有什么用呢?!你是吮吸土地,偷伐林木……"

"我从来也没有……擅自……没有您的允许……"尤哈解释说。

"我是什么时候让你耕种牧草地另一端的那块地的?"东家怒冲冲地看着尤哈。

"我确实没动过……"

"你认为我不知道吗?"

尤哈顿时愁容满面。如果在这样情况下从佃地搬出,尤哈觉得那实在是太可怕了。很明显,既然东家这样说,就是想把他赶出去。尤哈从未见过东家如此坚决,从未听到过他用这样的口气说话。

但是,东家并不打算把尤哈赶走,他大概也不敢这样做。只是因为尤哈总是使他心烦,所以他想永远结束这种暗藏在心中的烦恼。尤哈也太放肆了,好像偷偷地在竭力占东家的上风。这就是东家态度特别严厉的原因。

星期天的早晨就这样随着时钟滴嗒滴嗒的摆动而过去了。尤哈坐在东家的客厅里,就好像热锅上的蚂蚁感到十分不安。当谈话的气氛逐渐变得缓和下来的时候,尤哈壮起胆子,随声附和着东家。最后两方决定,除了保留一小块(一英亩多一点儿)地外,尤哈必须把托依伏拉其余的佃地全都交还东家,佃户屋他还可以住,奶牛可以在农场的林子里放牧,每年他还可以拾两方丈的木柴。作为报偿,尤哈必须在农场干 30 天工役,自带干粮,另外 10 天,不带干粮,由东家管饭。如果未得允许再次动东家的树木,那么一切后果由他自负。

当尤满脸通红地穿过厨房走向大门的时候,长工们已经坐在那里吃晚饭了……好啦,现在死者已经入土,佃地的事也已经谈妥了。尤哈匆匆忙忙地赶路,盼望着早一点回家,回到孩子们身边,坐下来同他们一起吃饭。

采摘越橘浆果的季节到了。

尤哈跟希尔图一起来到他们一直所喜爱的那块老地方采集浆果。过去,这片地里的浆果也曾给托依伏拉家带来一笔收入。不过,那时候采集浆果能挣多少钱,他很难说得清楚,因为采摘季节到来的时候,尤哈总是忙于秋季的农活,无暇注意所挣的钱的来龙去脉。现在没有什么农活可以妨碍他了,他可以一心一意地采摘浆果了。跟种植佃地相比,采摘浆果是完全不同的工作。看,一篮篮浆果倒入一个大桶中,大桶里的浆果慢慢地满了起来,这真是令人欣喜。这是你的纯收入。既用不着签约,也不存在服役,而且是风雨无阻的。种佃地或干其他类似的苦差根本谈不上有什么好处,充其量不过是为了填补生活中的空缺,而跟这类苦差密不可分的是老婆与孩子,以及病痛等烦恼。这一切尤哈都经历过,不过现在他可以真正赚点钱了。要知道挣钱的门路的确是层出不穷。现在已经是深秋,剥树皮太晚了,但只要一到来年夏季,他就可以靠剥树皮,好好地挣一笔钱。

尤哈的活动范围越来越缩小了,但这时他心里反而越来越踏实了。当尤哈出去卖浆果时,家里就剩下三个孩子,有时希尔图也去采摘浆果,那家里就只剩下两个小孩。维莱已经死了,母亲离开了人世;炎热的夏天也已经过去,现在已是秋天,马尔蒂跟在莱姆比后面鹦鹉学舌地把它说成是"丘丘"。屋里一片死气沉沉,在许许多多的佃户家里,人们从早到晚都见不到光线。

在一座别墅的门前，人们可以看见尤哈那熟悉的身影，他正在卖浆果。价钱已经谈妥了，尤哈看上去一副自信的样子，因为他心里明白他大致可以得到多少钱。那位胖乎乎的女主人看着尤哈秤浆果。秤完后，她就给了尤哈一张钞票，并且问道："尤哈，你是不是有一个成年的女儿？"

尤哈正在绞尽脑汁地计算钱数，听到问话，他就马上停止计算，并且回答说："是的，她叫希尔图。"

"不出我的意料。我的姨妈曾经嫁给教区的牧师长，她的丈夫已经去世了，她需要一个女佣替她料理家务。她是一位上了年纪但仍严守老规矩的寡妇，她喜欢来自乡下的女孩子。听说你女儿也是个很严肃的人啊？"

尤哈还在计算浆果的价钱，所以回答时有点儿心不在焉，只是紧张地说了一句应付过去。他终于把总数搞清楚后，就一边摸口袋找零钱，一边说："希尔图这样的好孩子，您在别处根本找不到。太太，您能介绍一下您的姨妈吗？"

天阴沉沉的，但静得连很远很远地方的公鸡叫声都能听见。尤哈肩上背着空篮子，口袋里装着卖浆果挣来的钱，沿着公路穿过乡间小路，慢慢地走向自己住的偏僻的角落……尤哈边走边想，希尔图要给牧师长夫人当女仆了，这样一来，他感到自己负担可以减轻些，而且将来的日子还会变得更好。希尔图的地位还会进一步提高。"我的女儿都有资格当老爷太太的女仆啦。她从那里给莱姆比和马尔蒂搞点儿吃的穿的回来是不成问题的。希尔图走后，生活开支会小些。奶牛嘛，当然我还能亲自照看。糟糕的是我去东家做工的日子怎么办？哎，反正会有办法的。"尤哈开始计划今后应该怎么过日子，看来前景很不错。佃户家里一片宁静，空气中迷漫着湿漉漉的气息，远处继续传来公鸡的啼叫声。他情不自禁地感到这种寂静可不是什么好兆头……

不管怎么样，希尔图现在要当女仆了。听到这个消息后，希尔图哭了一会儿，不知什么原因，她想起了已故的母亲。不过，希尔图并不表示反对，相反地，她已经一心在琢磨着即将离家的事。她花更多的时间跟弟妹们在一起，把过去跟他们一起做过的事，玩过的游戏重新复习了一遍。在他们玩耍时，尤哈听到孩子们在问她："别墅是什么样子？牧师长是干什么的？"在这期间，希尔图想起已故的母亲就潸然泪下，因为再过两天就是星期六了。

希尔图离家的前夕，托依伏拉家洋溢着一种使人感到清新的气氛。各种准备都已提前做好，剩下的只是耐心地等待那告别的时刻。这个早晨终于到来了，当一家人醒来的时候，每个人都清楚地意识到，希尔图今天要走了。

这是一个晴朗的日子，阳光照在希尔图穿的那双崭新的皮鞋和她头上扎辫子的缎带上。希尔图穿着旅行装，看上去非常脆弱，很早以前她就与众不同了。现在，她就要离开家，到很远的一个陌生的地方去了。由于母亲已经去世，大家都很清楚，希尔图将一去不复返。这种感觉给希尔图围上了一个奇异的光环。弟弟妹妹都板着脸。当父亲送姐姐走的时候，他们都被锁在屋里。现在父亲和姐姐已经走过牛棚。两张小脸紧贴在厅堂的窗玻璃上张望着，但他们的眼睛却看不到父亲和姐姐的身躯，他们最后看到的只是希尔图的脚后跟，好像在他们眼前一闪一闪，但透过玻璃中的气泡看出去，它马上就变形了。但是，孩子们仍然久久地呆在窗前，贴在玻璃上的鼻子都压扁了。许久之后，他们才从长凳上跳下来。这时屋子里已经是空空荡荡，不过他们觉得，虽然他们永远失去了姐姐，但她那郁郁寡欢的灵魂好像仍然留在家里。接着，孩子们就坐在被反锁的屋子里久久地等待着父亲的归来。

不久，发生了一件了不起的事，或者说，这是一件空前绝后的大事。有人通过邮局给佃农尤哈·托依伏拉寄来了一封信和几份报纸。这封信和报纸在厨房的窗台上搁了好几个星期。当尤哈来农场出工时，厨娘把它们交给了他。

"看来托依伏拉也要成为社会民主党人了。"东家看见尤哈手上拿着《人民新闻》时嘲讽地说。尤哈对于有人给他寄报纸也感到非常惊奇。信显然是希尔图写来的,当然对尤哈来说,这也是很奇怪的事。

"伊达,你念一下吧!"

"好吧,你要我念的话就把信给我。"

"别把信给她,"东家插嘴说,"说不定这也许是一封情书哩!"

"念啊!"尤哈催促伊达。

"这是嘉莱写来的!"伊达说。"你看,信的末尾是他的签名:嘉尔洛·托依伏拉。"

"噢,那你就念吧。我出工之前就可以知道他在信里说了些什么了。"

信的开头写道:"亲爱的父亲、妹妹、弟弟们",然后是相应的开场白,说什么因为他暂时还不能当面握手问候,所以这次只好借助于这雪白的纸和冷冰冰的钢笔,不过这是用温暖的手写的。嘉莱说,他身体很好,愿上帝也能同样地保佑家里的人。接着写道:"我现在在这里当马车驾驶员,或者像你们乡巴佬所说的马车夫。我在这里干得很好,挣的钱比你们这些土包子要多,因为你们被吸血成性的农庄主所盘剥。现寄上《人民新闻》,希望你们能够了解一点咱们穷人的事情……"

嘉莱还告诉他们,现在希尔图在坦佩雷市,不是在市内,而是在坦佩雷附近的一座别墅里。他说她的女主人比他们教区里的任何人都更有风度,他说他经常从城里送她回家。他见到了希尔图,甚至有一次在厨房里还跟她一起喝咖啡……

"母亲去世的消息,我是在马车停车场从老头皮尔约拉那里听到的。劳累至死,这就是我们劳苦大众的命运。听说小弟弟维莱也死了……"

伊达读信的时候,屋里的人都侧耳倾听。

等信读完后,东家说道:"是啊,看来这小子很能写,不比说的差。"

信和报纸使尤哈悲喜交加。他几乎已经忘记了嘉莱的存在。出于某种原因，他收到的这封信，虽然充满生气，但对尤哈来说，这种生气好像非常陌生。他感到，嘉莱似乎不是走在正道上，同时对希尔图也产生了不祥的预感。表面看来，他不得不承认这两个孩子都干得很出色，完全出乎意料之外，达到了他觉得他和丽娜的孩子决不可能达到的高度。在尤哈的眼里，城里的马车夫几乎是个贵族。马车夫只知道坐在马车驾驶人的座位上，用不着到田地或者林间拼命干活，而这却是一个佃户的孩子可能获得的最好的出路。但尤哈怀疑，嘉莱是不是能出色地胜任这样的工作。要是他是个长工，睡在某家的厨房里，尤哈觉得这样倒是会更安全些。但愿嘉莱的信里所写的不都是谎言。可是希尔图的情况是完全不同的，她似乎应该得到比现在更多的幸福。对她来说，她似乎不应该整天在牛粪堆里转悠，而是应该在富人家里打扫房间。她从小就那么温顺，那么胆小。想到这里，尤哈觉得，嘉莱好像要把希尔图推上一条不祥的道路。

　　晚上，尤哈披着月光往回走的时候，他感到他的头脑空虚得不可思议。几周来满怀向往的心情消失了，他现在的心思不是急于回家，急于见到留守在他那温暖的木屋里的孩子，而是围绕着远方的嘉莱马车行驶时所留下的轨迹转来转去。虽然皓月当空，周围的一切却仍然与平时一模一样，但在尤哈看来这些都变得很奇怪。他真想找个人吵他一架。尤哈边走边想："这个马车夫，他算个什么东西！可我还得在这里累死累活。就说现在吧，我实在累得连脚都抬不起来了，可回到家里我还得照料奶牛。是他让我们跟着已故的维莱受那么多罪，花那么多钱。可这个马车夫，他寄来过一分钱吗？"

　　老尤哈认识到，他对这个世界的认识是缺乏远见的，他被他那诡计多端的儿子占了上风。人生是辛酸的、无聊的，他的这种观点今晚好像又要复苏了。最近几周他所拥有的那种和谐感似乎要跟导致他今年夏天图奥利拉之行的幻想平起平坐，并且带上了同样的幻想色彩。他感到自己好像又一次经历了不成功的旅行，刚刚归来，不过这次家里连老婆都没有了。月光下，自己的小屋看起来就像一座古代遗留下来的鬼屋一样荒凉和陈旧。哎，要是希尔图还在家里，那有多好啊！

尤哈这样生气并没有什么明显的理由，不过，当他独自坐在灯下看报的时候，报上的新闻好像使他更为伤心。他觉得自己是一个被抛弃的人。床上睡着两个苦命的孩子，是他把他们带到这个世界上来的，除此之外还有什么呢……在这秋天的夜晚，在偏僻的森林深处，他默默地坐在这里，可他已经是快 60 岁的人了。

邮递员每次都给尤哈送来报纸。尤哈总在晚上带着一种忧郁不满的情绪读这些报纸。报上登的东西并没有特别引起他的兴趣，跟嘉莱的信一样，文章也是用同样使人恼火的口吻写成的。给报纸写文章的人就好像一帮缺乏教养的傻瓜那样，不知羞耻地以贫穷为荣，或者说是迁就贫穷，这样的口气使尤哈感到恶心。这些文章难以使他激奋起来。他是抱着一种抵制的态度看报的，他这样做似乎是为自身的愤恨提供精神食粮，因为现在他的生活又一次走上了贫困这条轨道。

对尤哈来说，跟这两个什么都不懂的孩子相处真是个考验。他年纪大了，无法妥善地照看那头奶牛，挤奶也有点儿笨手笨脚。他觉得，让希尔图到那么遥远的地方去，是自己干的又一桩蠢事，但是现在把她叫回来也不行，拿什么养活她呢？他突然觉得莱姆比和马尔蒂的处境也十分危急。他想，要是我出事，他们会怎么样呢？在我老得干不了活之前，他们能自立吗？尤哈惦念已故的妻子。尽管她有缺点，但她还是有她的长处。在她健在的时候，晚上他至少可以踏踏实实地睡觉，可现在却像睡在别人的床上似的。就连希尔图在家的时候，日子过得也要比现在好些……

尤哈越来越思念希尔图，有好几次他甚至痛下决心要把她叫回来。现在他一发脾气就很难让人忍受，比他的妻子活着的时候要难得多，现在他的怒火扩展到身在异乡的嘉莱和希尔图身上，而且其中还夹杂了些别的成分——无情而又难以遏止的衰老。

在最终的解决方案出现之前,尤哈还要经历一次折磨。

又是一个工役日,尤哈必须到东家去干活。然而,现在情况与过去不同了:现在是 6 点才上班,这次的工作很简单,纯粹是磨洋工,只要保证给脱粒机进料就可以了。中午 12 点的时候,东家吹午饭哨,大家就准备吃饭。农庄的工人去厨房吃饭,尤哈和另一个自带午饭的短工到放干粮袋的厅堂里吃饭,过去也一直是如此。

可是今天,尤哈刚刚喝了几口牛奶,这时伊达走了进来,她把报纸交给尤哈,并且说道:"你还有一封信。"

信封是刚从邮递员手中拿到的。这次还是让伊达来念,但是当她把信拆开的时候,一张 10 马克的钞票飘落到地板上。这是怎么回事呢?

信的开头和问候跟以前一样,但接着写道:"我不得不告诉您一个坏消息:您亲爱的女儿希尔图已经不幸死亡。前天晚上,那是一个月夜,太太出门去了,希尔图跳湖了。太太的儿子在家,他在楼上睡觉,直到清晨才知道这件事,可已经晚了。"

"希尔图将于后天安葬,如果您想来就来点来,还来得及。太太将承担安葬的各种费用,但她说她不能付工钱,因为希尔图只干了很短时间,只够安葬费。我在信中放了一张 10 马克的钞票,您可以给自己买点东西。星期三的《人民新闻》上刊登了希尔图死去的讣告,这要两个马克,有关的消息在报纸的中间。希尔图去世使您非常悲痛,但这就是我们穷人共同的命运。您是劳动者,你也应该跟我们一起参加斗争,摆脱资本家套在我们身上的枷锁。嘉尔洛·托依伏拉。"

这突如其来的噩耗把老尤哈震蒙了,有一段时间里周围发生的事情他都不知道了。他没有看见女主人怒气冲冲地走过来要把伊达带走,当时伊达正在报纸上查找有关希尔图死亡的消息,尤哈也没有听到女主人在厉声地责问他:"好啊,你跑到这儿偷懒来了……往后谁也不准在我们家传播这样的报纸!"尤哈本来是完全有理由因此而生气的,但他差不多没有注意到女主人。

总之,现在希尔图也死了。她是不会活下去的,这一点在她离家的时候就已经很清楚了,不是吗?再说,从她很小的时候,大家不就都对这一点很清楚吗?希尔图从前的形象又浮现在尤哈的脑海中。他觉得,死神一直在尾随着希尔图。他认为希尔图是遭不测而死亡的,这种想法在尤哈的脑子里牢牢扎下了根。

希尔图的死讯给尤哈造成了巨大的痛苦。同维莱的死不同,尤哈没有产生任何凄凉的解脱感。午饭后,他跟别的工人一样重新回去干活。大家得知了希尔图死去的消息,但却没有作出任何反应,因为这样的事情受到应有的注意就行了,不适合作为干活时谈论的话题。干活时应该谈点更为正经的东西,特别是如果东家也在场的话。工人们所谈的东西的深处好像隐藏着一个"社会问题"。东家听到的只不过是指桑骂槐而已。自视高人一等的东家常常大声地唠叨自己那一套看法。在这样的时刻,干活的气氛就会变得活跃一些。最后托依伏拉贸然说了几句非常离奇的话,逗得大家忍不住地笑。东家很明显地压抑着自己的怒火说:"看来这个老家伙很快也要成为民主党人了,他那一套一套简直像是用马车运来的。"

这个农庄里以前从未出现过这样剑拔弩张的情况。紧张的气氛一直持续到吃晚饭。手头上的活计好像卷缩成一团,变成了一个单独的实体,把三件孤零零的东西结合在一起:东家,工人和手头上的活计。三者结合在一起就好像形成了一个封闭的角斗场,这要比希尔图死亡之类的事情重要得多,粗野得多,因此把它们跟希尔图之死并列在一起考虑是不合情理的,令人反感的。

希尔图的死并没有给尤哈带来轻松感。在尤哈心里,既没有留下树根被拔掉的感觉,也没有产生任何要求赔偿损失的愿望。那天晚上,当尤哈踏着林间小道走着的时候,他感到有点儿麻木不仁。明月当空,但月亮的右侧已经开始出现亏缺,月光冷冷地洒在尤哈那简陋破烂的屋子上。从这屋子本身已经观察不出任何的过去的影子,它仅仅属于今天。显然它已经破败不堪。它坐落在一个凶恶的人的地里,它本身也是这个人的财产,而在这间屋子里正坐着两个得不到任何人照料的孩子。

未来的道路已经展现在前面。

叛逆者

Chapter 6

在芬兰历史上称之为"受压迫的年代"里,尤哈·托侬伏拉对芬兰民族所受苦难的态度是什么? 如果有人把这样的问题作为研究对象,那就有点儿矫揉造作了。尤哈那个时期遭受的痛苦跟过去差不多,而且他也没有觉察出自己的活动范围与民族苦难有什么特别的关系。无论如何,他的东家不仅没有遭受任何损失,而且还发了财;在那几年里,他的牲口头数奶牛从 12 头增加到 18 头,还添了两匹马。他对农场工人的态度更加严厉,同时也更加傲慢——按工人们的说法,更加"霸道"。

不错,东家没有遭殃,尤哈也没有真正地受过苦。然而就在那个时期,尤哈作为一个佃农,他的地位的不稳定性开始隐隐约约地显现出来,因为他没有签订契约,而佃地又在农场最好的林地里。不过,在某些方面情况却有了好转。工役日从 15 小时缩短为 12 小时,活计也比以前要轻松得多了。过去的手摇脱谷机,先是改成了马拉的,而后又改成蒸气带动。现在长柄大镰刀只是在开挖地头时才需要使用。确实是如此,一部新式的分离机,把过去那种浓浓的酸奶冲淡成一种淡兰色的液体,把原先自制的黄油变成"植物"黄油,人们都开玩笑地称之为"花"。

即使像尤哈这样怀着善良愿望的人也无法搞清楚,究竟是什么使芬兰"人民"的处境突然变得如此悲惨。因为农场主很明显地越来越富裕,当地教区的老爷们也没有任何贫困或者消瘦的迹象,所以普通老百姓根本就不知道,为什么那些地区会出现不满和混乱,他们觉得"也许老爷们的工作在一定程度上受到了威胁。"

这时出现了家庭办的学校,当然都很有意思。当成年的男子坐在长凳上学习,在地图上寻找欧洲国家的时候,他们表现出了相当程度的才能,但是也有一些小孩子,当金发的年轻校长含着眼泪讲述"祖国"的历史的时候,他们就跟着女孩子一起咯咯地傻笑。家庭学校不久就消失了,但是不少人却在这些学校里受到了启蒙教育,从此以后他们开始了独立思考。

尤哈不属于那些受到学校影响的人。当然他也听到些关于这些学校的传闻——因为他的村子里也有一所这样的学校。但是在他的脑海里，他觉得这所学校里的课程跟当时其他的活动和讲课都一样。这些学校都是一路货色，在他看来，不管组织得如何巧妙，这类活动的背后隐藏着的唯一目的就是搜刮钱财。尤哈深信，即使在家庭学校里，到头来也总得花钱买门票——这样做也是合理的，否则那些学校的老师靠什么去浆硬衬衣的领子呢？每想到他从未受到过这类学校的诱惑，从未被人牵着鼻子走，尤哈便悄悄地自鸣得意。他的确并不知道如何发财，但他从来也没有傻到去花这份钱的地步。

这就是尤哈对待"受压迫年代"爱国运动的态度，即便是谈及这个问题多少显得有些矫揉造作。在他看来，爱国运动跟教堂村里什么"青年协会"一样，不管它叫什么名字，目的不过是通过自己的渠道从可怜的长工和女仆身上捞钱。

在这样的情况下，第一次全国性大罢工跟他擦肩而过，他对罢工的目的是一窍不通。他当然从别人那里听到了这个事件－－－否则他的耳朵还有什么用呢？但是人们的议论使他很不高兴。他认为引起这类事件的主要原因是阴谋诡计，而且他还清清楚楚地记得林内在罢工结束后代表工人所说的话："工人是为老爷擦亮他们的纽扣的。"

尤哈对于罢工争得的投票权并不十分看重，因而第一次选举时他根本没有投票。那时候他个人的生活正处于极端的困难之中，选举正好是在死神夺走他亲人之前那一年举办的。

"让日子过得好的人去投票吧！不管怎么样，选举不能当饭吃。"他说。

芬兰的工人运动真正开展起来是在 1905 年大罢工以后。热切的宣传员开始到处活动，各种工会组织纷纷建立起来，许多报纸起了推波助澜的作用。罢工后的第三年，连尤哈·托侬伏拉都宣称自己是"社会民主党人"，他也许的确是加入了社民党，不过——听起来多少有点儿不可思议——无论是大罢工还是宣传员，或是报纸都与此毫不相干；对于尤哈这个秃顶的小老头来说，这些对他都没有发生任何影响。他不愿意离开他那偏远的小屋去参加宣传员召开的会议。报纸倒是直接送到了他的手里，他当然是最先阅读，特别是那些碰巧映入他的眼帘的那些新闻，如诈骗案，结婚启事等，但是希尔图死后，连这样的内容他都不爱看了，况且他从未重视过报纸上所刊载的这类东西。

希尔图死讯传来的那天晚上，尤哈久久不能入睡。他想起希尔图离家时的情景以及他在这方面应负担的责任……希尔图的死本身并没有经常在他心中翻腾。昏暗的月光充溢在小屋里，可以听见莱姆比和马尔蒂的宁静的呼吸声。在这样的时刻，当时间和地点的影响越来越微弱的时候，连最愚钝的脑袋也会很轻易地进行反思。快到 60 岁，死了妻子和孩子的佃农尤哈，不由得想到自己的死，特别是他剩余的年月已经不多了。时间在一小时又一小时地过去，他从嘴里把一块咀嚼用的烟草块吐了出来，但又放回到嘴里。他爬起身来，喝了口水，又躺了下来。他感到自己仿佛躺在一间荒凉而寒风刺骨的屋子里，无法入睡。对他来说，那两个正在静静地熟睡的孩子好像特别陌生。他们是偶然来到人世的，他并没有因为他们的出生而感到高兴。母亲离去了，却把两个孩子丢在这里。

只要一个老佃农有个妻子，即使她是个坏女人也没关系，另外他还有正在成长的孩子，也就是说，只要他有个家庭，有一家子，那么不管他背负的担子有多么沉重，他总是生活得充实、饱满、有节奏，虽穷但无需操心劳神。在某种意义上来说，现在他好像卸下了担子，再也不打算挑起来了。这样又过了好几年。然而到了那个不眠之夜，他发现他连这样的负担都不再有了。最近这几年，死神慷慨地向他伸出了手。但是现在空虚却变成了负担，围绕在他周围的是摆脱了负担后所带来的空虚，各种各样的想法不由自主地涌向脑海。对一个未经磨练的头脑来说,这种情况是很痛苦的。当家庭所表现的这种强大的情感力量消失之后,生活中无数个次要的问题就赤裸裸地暴露了出来。当然这些次要的问题,尤哈以前也遇到过,就在他远离故乡独自跋涉的时候,不过胜过所有这些问题的却是正在家里等待着他的妻子、孩子和奶牛,也就是说,他的家庭是他生活的中心,不管情况是多么恶劣,只要它存在,每个家庭的成员都会不自觉地依赖于它的保护,就是上帝也不例外。现在,这样的生存中心已经不存在了,一个广阔无垠的世界好像上升到跟"自我"同一个水平。那两个正在熟睡的孩子好像变成了累赘,这种情况原先是不存的。

尤哈的心情深处不知不觉地产生了一种希望与别人交往的感觉。他觉得这座孤寂的佃农屋已经不成其为家,而希尔图也永远回不来了……

就在这个时候,人们注意到尤哈身上出现了一个新的特点:他开始在村里闲荡,到熟人家里串门儿,坐下来一聊就是好几个小时。他抨击时弊,说话时调门儿很高,几乎是怒气冲冲的。他的讲话从头到尾都带着这样的语气,这就是表明他的看法都是经过他亲自研究和思考的,他不是什么普通的社民党人,他跟别人不一样。在他的谈话中,他有时仍然会进出一句"正如救世主所说……"

"老托依伏拉又在我们这里说教了半天。"尤哈走后,村里的老娘们儿就会这样说。

经过几个小时的说教后,尤哈回家时心里比以前更加忧郁。当他走在林间小道的时候,他觉得他好像在为这帮陌生人忙碌,好像在为他们的利益进行长期的斗争。对他来说,这种感觉十分可恶,因为按照他的本性,他从不喜欢任何人。从童年时代起他就失去了亲人,所以不得不忍耐着周围的人。总的看来所有人都差不多,不管是穷人还是富人,居住在这个世界上的人对他可从来也没有什么好感。

事实上,追求什么理想同尤哈的性格是格格不入的。但是一个人身上总有互相矛盾的力量,现在,正是一种出自于偶然事件,并且极其顽固的力量召唤着尤哈走进别人家里,去宣讲这个"民主思想"。这种力量跟他家里这样冷清清,而且再也不会回暖的现实似乎是有关系的。他需要同别人讨论问题。在这种抽象的思想交锋中,他从未完全同意过别人所说的看法。不管他是如何清楚地了解别人提出的这种或那种"民主"原则的真相,他都不会点头表示同意,而是要找出一些完全模棱两可的论据来反驳。尽管尤哈说得很明白,但别人却无法理解。老托依伏拉就是需要向他们"说教"。

　　于是,他不停地"说教",他的说教多年来好像一直在用脚打拍子似的没有什么进展,而在这些年代里,芬兰工人运动却在穿着白领衬衣的年轻人领导下蓬蓬勃勃地开展了起来。尤哈对这些白领人物很不欣赏,甚至而且几乎是敌视的,因为他还不能放弃自己原先的成见,即这些人的目的至少在一定程度上也是竭力中饱私囊。如果有个白领人物听到尤哈在说教,大概免不了会用毫无生气的、十分难堪的目光瞧着他。

　　这样又过了几年,直到第一次世界大战爆发。人类经过战争带来的灾难,就像被洗礼了一次一样,迎来了第20个世纪。在这夏末的每个夜晚,继承着19世纪精神的人们,都坐在凳子上阅读报纸,竭力猜测这场战争哪一方会赢,同时他们仍然相信,战争结束后一切都会依然如故。生活在这样激动人心的年月是很有意思的。人们普遍认为,圣诞节前战争就会结束,但圣诞节过去了,又一个圣诞节也过去了,战争还是没有结束。于是人们开始感到烦躁不安,因为他们不由自主地意识到,靠武力是无法解决争端的,反而会在战后带来更长时期的纠纷。连续的炮火声终于停止了,一个意想不到的问题但却发生了:残酷屠杀的时候人们生活得不如和平时期那样庄重,洪水①来临时人类生活得据说如同洪水来临之前那样。事实证明,上世纪末在空闲时间所拼凑起来的那些主义和理想纯粹是纸上谈兵。那些理想幻灭了的老一辈的人,他们是令人同情的,其所以令人同情,是因为他们曾经真的相信过这些东西。年轻人要幸运一些,因为他们早就不相信这些东西了。他们在街上闲荡,在社团里跳舞,寻欢作乐,但有些人却神秘莫测地消失了。总之,许多人都是过一天算一天。

此刻,从东方传来雷鸣般的巨响,俄国崩溃了。许多芬兰人在俄国的倒坍中静悄悄地感受到了苦涩的失望。战时那种忙碌的生意和大量的防御工事现在一下子结束了,他们该怎么办呢? 稍为恢复后,芬兰人民赶忙表示,他们是绝对忠于帝国统一这个原则的。为了表示忠诚,人们胡乱地亲吻和签名,当时虽有新闻自由,但人们对此并没有什么批评和反对的意见。对于神秘地失踪的年轻人(他们的目的地现在已经是公开的秘密),大家都表示痛惜,因为根据芬兰的宪法,他们的行为是叛国。这种忠心耿耿一直延续到布尔什维克革命(俄国十月革命)为止。这些年轻人的行为起先认为是一种罪行,后来却慢慢地变成了一种政治上的既成事实。也就是那时候,芬兰人开始公开谈论那些拥护独立的人们……

跟过去一样,尤哈·托依伏拉还生活在芬兰一个偏僻的角落里,而且此时此刻,他与芬兰其他人一起正在为创造芬兰历史而努力奋斗。

这是5月末的一个早晨,阳光明媚,泥土和其上生长的草木散发出一股清香,黄色的花朵把沟渠点缀得格外漂亮。人们看见尤哈正从春暖花开的林子里朝着教堂村的方向走来,他那毛茸茸的脸上一对小眼睛炯炯有神地转动着。他看上去比他的实际年龄要年轻十岁,由于春天的到来和其他一些原因,他的日子好像越过越好了。这一天他又能到大庭广众

---

① 洪水:这里指的是基督教圣经中诺亚方舟的故事,洪水就是上帝因故而造的一场大灾难。传说根据上帝的指示建造了一条大船,目的是让诺亚与他的家人,以及世界上各种陆上生物能够躲避这场灾难。

之下活动了，他感到很高兴。这次他不是去出工，而是到林内家去开会。

原来，今春早些时候，教区曾为那些因革命而牺牲的英雄举行葬礼，尤哈那天也在教堂村。来自四面八方的人们排着长长的队伍，有人还扛着红旗走在行列中。尤哈走到通往库斯高斯基的十字路口时，恰恰有一支造纸厂工人组成的队伍走了过来。队伍里有人冲着他发号施令，叫他站到他们的队伍中去。尤哈说："那当然了，我知道自己的位置。"说完他就真的站到了队伍里去。当队伍行进的时候，尤哈盯着看刚才对他发号施令的那个红脖子的年轻人。他心里想："你小子也太自负了！"队伍在青年协会门前集合，然后就开会，有些老爷在教堂村里挂起了蓝白旗，这次会议讨论的主题就是如何对付这帮老爷。虽然刚才那个年轻人粗暴地对他发号施令，尤哈心里还很生气，但他还是在会上发了言，这是他有生以来第一次发言。人们都盯着他看，而尤哈却感到很高兴。他的发言很短，也没有谈到旗子的问题，但结果却是：尤哈被选进了一个委员会，这个委员会的任务是要那些老爷把蓝白旗摘下来。委员会的主任正是那个红脖子的库斯高斯基工人，但尤哈觉得，他作为最年长的社民党人也应当讲出自己的意见。

尤哈那天的发言铿锵有力。后来，老爷们互相谈到当天发生的事件的时候，他们还说："这个胡子拉碴的老家伙是什么人？这个家伙简直像个收破烂儿的！"

就这样，尤哈果真被卷进了汹涌澎湃的时代洪流，而且对自己的信仰坚贞不渝。这天他从教堂村回来，当他走在静寂的林间小道的时候，他的心中仍然是愤愤不平的。无论是起初在会上，还是后来在那些老爷们那里，那些盯着他看的陌生的面孔始终让他难以忘怀。在尤哈的心目中，所有这些面孔都激起了同微弱的愤慨。他不需要任何人对他发号施令，毫无疑问他知道该做什么……他想："这帮人对民主一窍不通……我可用不着他们出主意！"

就像以往那样，小屋又呈现在尤哈的面前。"看谁还敢把我赶出去？"尤哈想道，同时心中多年来第一次产生了对未来的希望。好极了！冬天已经过去了……

　　当下一次在农场服工役的时候，尤哈一边干活一边说教。他口若悬河，滔滔不绝，这使得东家不得不开口厉声地说："住嘴，没有我的允许，不准在这儿胡说八道！"

　　"好，咱们走着瞧！"尤哈低声地说。

　　果然，不久事情就见了分晓，否则为什么在这个5月的早晨尤哈没有去农场上工，而是去了林内家呢？现在罢工浪潮已经传到了这个教区，奶站的工作曾一度坚持到最后时刻，但他们的工人现在也参加了罢工。今天尤哈倒要看看，到底有没有东家敢抗拒？

　　尤哈就像去教堂似的走在大路上，无论是从他的内心还是外表，都能看出那股春风得意，精神焕发的劲头来。他的心里充满着雄赳赳的胜利感。当他来到村外，望着连绵不断的田地的时候，他想起了那些土地占有者，尤哈不禁笑了起来。昨天，他在这里跟一伙人一起死死地盯着那帮出卖罢工的破坏分子，直到把他们吓跑为止，而今天这些田地则出现了另一种面目。从前绿油油的庄稼地总是使他想起它的主人和那紧锁的粮仓。而现在，这一切使他想到的却是他跟大伙今天计划一道完成的任务。这片广阔的田地上所长的庄稼好像变成了人类的共同财富啦！

　　尤哈的东家正在湖面上检查渔网，此时他看见尤哈从林间小道出了出来。他们之间的距离还很远，所以东家可以毫无顾忌地盯着这个老头子。他真不愿意熟悉这样的人啊！这个家伙这样衰老、贫穷、执拗和愚蠢，即使是恨他都不免觉得恶心。但是他又不得不恨他，同时他又发现尤哈吃力地往前走路的样子中含有一定程度的绝望。这些日子爆发的骚乱是另一回事，社会发展的形势非常揪人心肺，但是在这样的形势面前，即使是具有极其深邃思想的人也无能为力，只能偷偷地屈从于大形势。当认真考虑的时候,东家有时也不由得希望自己能够投身于这强大的运动,但当他看见这个胡子拉碴的尤哈,看见他脸上那对傻里傻气的小眼睛的时候,一股厌恶之情便会油然而生,事实上这样的厌恶是他自身矛盾的心态所引起的。

无论在哪里,这样小小的思想斗争好像都在人们的脑海里涌动,聚集在一起就形成了一股令人紧张的压力。这种压力越来越强烈,一旦时机成熟,就会像今天在奶站所发生的冲突那样喷发出来。奶站的庭院里传来了喊叫声和不停顿的讲话声。在人群中,多数人把下巴绷得紧紧的,并且带着紧张的目光,少数人却露出了愤怒的眼神。人群在庭院里一直待到中午,然后就散了——今天的表演就到此结束了。晚上,各家各户都议论开了白天发生的事件。不过现在没有人再谈谁对谁错,大家都指手画脚地描绘对方的行为和步骤。当夜幕降临的时候,农庄主小心翼翼地关上大门,准备在装有内墙而且经过油漆的房子里就寝。一排排宽敞的房屋和绿草成茵的院落仍保留着昔日那种家庭和睦的氛围。

然而,无论是在村外的大道上,还是在村里的小街上,都有一些朦朦胧胧的人影在移动,点燃的烟头在黑暗中闪闪发光,有时还能听到阵阵的笑声。三个女仆沿着小路从一个方向走了过来,每个人头上都披着白晃晃的头巾。另外一帮男人赶了上来。于是他们结伙向一所曾经卖过糕点和汽水的破旧小屋子走去。他们站在院子里,一共有十几个人。他们究竟在那里干什么,连他们的亲戚朋友也始终无从得知。

这帮人就是这样的情况。尤西·托依伏拉对他们的所作所为也一无所知。而他却整天东奔西跑,直到夜幕降临的时候才拖着疲惫的身子回到他的林子里。此刻,他的脑海里没有怀疑的余地,也不会在小事上争论不休。这几天他也不再"说教"了。他现在只注意观察农场主们和他们所表现出来的反抗。他的这种表现越来越明显,同时也越来越跟时代潮流相一致。那年夏天,老尤哈的整个身心都沉浸于革命的气氛之中。

革命在继续,它在积蓄力量,逐渐壮大。每天早晨,报纸都会送到家家户户门口,革命运动发展的消息也随之到来。革命运动一般都是从赫尔辛基开始,然后遍布全国的。芬兰穷人最光辉灿烂的夏天到来了。资产阶级老爷出版的报纸总是靠散布谎言、歪曲事实的手段来反对无产阶级的真理,现在东家有好几个星期不露面了。只有在收割麦子的时候,东家会和大家一起到地里干活,为了以身作则,他怒气冲冲地独自把三垄地里的麦子竖放在田里,但谁也不会理会他。工人们一坐就是好几个小时,边磨镰刀边聊天。看见他无可奈何地抱怨,大家都觉得很高兴。过去那种割麦竞赛现在一点儿也看不到了。1917 年的夏天是芬兰穷人们的夏天。短工们昂首挺胸地走在林间小道上,佃农们对佃地也产生了一种新的感情,因为它给他们带来了欢乐和希望……

但是直到这一刻,在芬兰各阶层人民的心中,仍然反复上演着悲剧,而且是特别脆弱的悲剧。命运的诅咒并没有这个民族杀死,而只是慢慢地折磨这个民族。命运让阳光瞬时从乌云里露了出来,但是,当芬兰人民陶醉于他们的好运之中而不知道该拥抱谁的时候,他们马上发现命运好像只是在跟他们开玩笑。

冬天来了。一月间,天寒地冻,风雪交加,但夜间却星光闪烁,在静寂的森林里时间仿佛停止似的,它似乎在全神贯注地倾听着对数十年间发生的各种事件的叙述。雪块从树枝上掉下时发出的簌簌声就像在虔诚的沉默中发出的一声平静而深沉的叹息。数十年来,冬天就是在同样的情况下周而复始的,人们就这样沿着狭窄的小道行走,他们的内心深处与这种虔诚的静寂是完全合拍的。

过去情况是这样,但现在不是这样了。

现在几乎没有人会注意到冬天已经来临。被称为刽子手的资产阶级治安卫队在刚刚过去的 11 月受到了重挫,抗税罢工才过去三个星期。抵制教堂税也才刚刚作出决定。在这样的形势下，佃农们决不能坐在家里袖手旁观。在阴沉沉的冬日里，昔日的静寂似乎深藏在孤独的佃农屋里，但现在不行了。人们开始本能地逃离这种静寂。议会将会发生什么情况？资产阶级是否打算使白卫军合法化？那时，我们的小伙子奋起斗争的时刻就会到来。竞选对我们有什么用？我们输了——噢，输了就输了吧。天哪，没有什么了不起。整个议会都是一群只会空谈的家伙。不管输赢，资产阶级在议会里总是欺压我们。工人们能够在议会里取得随便什么样的多数，但只要还存在资产者，粮仓的钥匙还挂在他们家里的墙上，那么就不会有什么不同。我们不会依赖这样的议会，也不会依赖这样的大多数。我们定将向他们表明，谁是真正的多数。当动真格的时候，我们的人数肯定比他们多。

这一切使尤哈想起了一个带有小舞会的命名日派对。当时有一个活泼有趣的年轻人参加这个派对。当他看见放着咖啡壶的桌子和其他像模像样的摆设的时候，他就尖声喊叫，并且用手在膝盖上打起拍子来了。

尤哈·托依伏拉再也没有什么比较沉重的家务负担了，因为莱姆比已经14岁，她当然能够照看那头奶牛了。况且现在这头牛已经没有奶了。从尤哈到托奥利拉去找他的亲戚那个充满死亡的夏天算起，10个年头过去了。那个夏天是从前那些酷热的夏天中最特殊的一个，热得好像永无止境似的。尤哈不再回想那些死去的人，也不再回想那些亲戚，他们与现在毫无关系。摆在目前日程上的是佃地问题。现在人们议论的就是这个问题，另外还有刽子手——白卫队的问题。尤哈坐在一个熟人家里，扯着尖嗓子侃侃而谈。到了晚上，他就一边打着哈欠，一边往回走，脑子里几乎什么也不想。随着时间的推移，这间厅堂以及屋里的床和破破烂烂的被褥也发生了变化，呈现出另外一种新的面目。从前屋子里一片穷困的景象，如今稍许被掩饰了一下，但实际上仍然贫穷不堪。而过去厅堂里所洋溢的那种家庭气氛已经从角落里消失了，现在的厅堂就跟大农场的厅堂一样,当从公路上雇来的一帮临时工干完活离开的时候,他们那套粗俗的言谈举止仍然会在厅堂里回荡。要不是这种贫困被一种肉眼可见的东西——虱子所证实,你还会认为这种贫困只是一种想象而已。现在托依伏拉家的床上确实出现了虱子,一有虱子,你晚上就别想躺在床上浮想联翩。虱子并不是不讲情理的不速之客,它的生存也不是像大家所认为的那样依赖于肮脏。在腐朽破烂的小屋里可能没有虱子,但是,哪里有正在垂危之中的人,哪里就必定会有虱子,比如说,战场上的战壕,长工居住的厅堂,以及其他工人们的避难所。

现在在托依伏拉家里出现的已经不是匮乏,而是贫困。秋天来临时,没有一家农庄救济所允许尤哈进入,而农庄长工是有资格得到救济的。所以他不得不到离家好几英里的教堂用配给证去领取数量很少的面包。结果往往是:托依伏拉家一连几天除了土豆和腌鱼的盐水外没有其他东西可以用来充饥。莱姆比和马尔蒂两个人经常独自在家吃饭,因为尤哈很少在家,有时甚至晚上也不回家睡觉。这两个脖子细长,眼框深陷的孩子总算活下来了。他们如同两个贫困的化身,有气无力地蜷缩在破烂的被褥里。他们没有上学的机会,甚至连生存的机会都没有。

尤哈不喜欢呆在家里,他愿意到村子里去转悠。他总是一会儿跟这个"同志"交头接耳,一会儿跟那个"同志"低声说话——他要借点钱。林内——谁知道他是个什么人! 他是一个很难捉摸的家伙,是个狡猾奸诈的煽动分子。不过,暗地里他常常在帮助老尤哈。他把工会的一些尤哈力所能及的小差事派给他,事后总是塞给他几个马克作为报酬。林内有很多事情要办,他仍然在许多资产者组织中供职,不时出席各种委员会的会议。他总是双眉紧锁,讲话很简短,但锋芒毕露。他对尤哈的讲话只是笑一笑而已。不管怎么说,林内比任何一个东家都好。

然而,当一个人的处境很糟糕的时候,他的处境就会越来越糟糕,直到不能再糟为止。星期三,托依伏拉家又遇到了难题,整整一天家里连一点儿面包都没有,奶牛也没有干草可以吃了。如何才能摆脱这样的困境呢?尤哈已经绝望了。再过5个星期奶牛就要下犊了,光给它杨树叶子吃也太可怜了。但是,再向林内借钱实在是难以启齿,因为尤哈不久前刚找过他求救。到哪里给奶牛找干草呢?孩子们吃的是蘸盐水的土豆,这东西只能勉强下咽,常常噎得孩子们喘不过气来。不过尤哈还是要到村子里去,顺便到林内家转一转,他决定对自己的困境一字也不提。孩子们看到父亲要出门,立刻抽泣起来,他们知道,这么晚出去晚上肯定是不会回来的。

老尤哈朝着林内家越走越近。因为林内是比他强的人,所以每当到他家去的时候,尤哈心里总是激动万分。最近几周他的处境使他身上又出现了驱使他前往图奥利拉农庄时的那种冲动。然而,当他踏进林内的厅堂的时候,他马上感到他来得不是时候。林内忙得没有时间接待他。从他家的起居室传来他的声音,显然他那里有客人。从他们的讲话声中可以判断出,他们聚在一起不是在谈论天气,也不是在随便聊天。林内的妻子正把咖啡端了进去,林内自己出来看到底是谁来了。他以极不自然的殷勤回答了尤哈的问候,态度友好但有点儿做作,然后就回到起居室去了。

林内的妻子从屋子里出来,说道:"托依伏拉,请进屋吧! 大伙都在里面呐。"

"我可以进来吗?"

"当然……托依伏拉可以去你们那里吗?"她隔着门大声喊道。不待里面明确地回答,便对说道:"进去吧。"

尤哈走进起居室,并且在门旁坐了下来。他感到这就好像农场主请他进屋坐似的。在这儿待着的人抽烟的抽烟,喝咖啡的喝咖啡,桌上铺着台布,墙上挂着一幅幅画。尤哈有些摸不清头脑,为什么在这个平常的日子所有工运领导人都如此隆重地聚集在一起,而且身上都穿着最讲究的衣服,脚上穿着高筒靴子。是不是在开什么会?

尤哈不应该就这样坐在那里。如果家里有面包和干草,那么他坐在那里可能会感到很舒服。他迫不及待地想插话,尽管他还不清楚会上在讨论什么。大家都提到库斯考斯基山岗,山的这面和那面的局势。无疑,尤哈对这座山岗非常熟悉。

"要说这座山岗,可是个适合防御的地方,"尤哈说道,"怎么样?它适合于防守吧?"

"谁知道呢,可能适合防御。"有一个人回答道。

尤哈就是这样一有机会就问这问那,慢慢地他弄清了事情的真相。原来战争已经爆发了。战争——没有一个人说出这个词来,但这好像就是过去所发生一系列事件的极其可怕的结果。战争——假如赤卫队和白卫军遭遇,就一定会爆发!难道这里真的会爆发战争吗?可能只是像夏天在奶站发生的那样,大家只是游行吧!对游行示威者谁也没有办法,因为他们人数太多。对那么多人开枪——这怎么可能呢?

陆陆续续又来了一些人,林内出去迎接他们。趁此机会,尤哈就低声地向在场的人打听突发事件的详细情况,好像林内在场时他不敢这样做似的。尤哈家里的处境很糟糕,这一突发事件对他会有什么影响?

又有 6 个人走进起居室,尤哈看见他们手里拿着猎枪。在此之前,东家的起居室是活动的中心,但现在人都散开了。中心转移到了客厅,那里聚集着一帮村里的年轻人,他们当中有的坐过监狱。迄今为止,尤哈仍然本能地认为这些人不适合做较重要的工作。但现在是激荡人心的时刻,过去的事情应该一笔勾销了。屋里烟雾腾腾,人越来越多,已经很难从中分辨出任何一个人。现在这种气氛是空前绝后的。不一会儿,又有两个人走了进来。团结的力量好像成倍地增加了。于是大家开始安排夜里如何站岗放哨。当然谁也不会要求尤哈这样做,但他主动留在林内家过夜。那天下午当他出门的时候,家里既没有面包,也没有干草,但现在这一切好像远在天边。就在片刻之前，其他的人也都苦于同样的问题，但现在他们已经顾不上这些了。

此地的"红色革命"就这样开始了。一清早，人们就在林内家的院子里排成队伍，并分头去各处征用武器。下午，第一份征用令就传到了一个农庄主的手中，征用令命令他把一车干草运往营房，从那时起这个词就开始广泛使用了。早上被派去收交武器的人已经返回。他们已经是一大帮人了，谁也记不清他们是什么时候回来的。这帮人一边抽烟，一边叽叽喳喳地说话，纷纷叙述他们检查那些农庄时所发生的情况。这些人当中有一些地痞流氓，尤哈根本就不认识。林内和昨晚那帮人又坐到了他的房间里——这是指挥部。营房和指挥部……这就是发生在他们周围的奇怪的变化之处。那边是托依卡农庄，远处是派图拉农庄。教堂村里的情况到底怎么样呢？

一件可怕的事情在折磨着尤哈·托依伏拉，那就是他已经有两昼夜没有回家了。周围的喧嚣把他搞得有点儿神经过敏。他明白，他今晚还回不了家。他一边吃着黄油面包和土豆汤，一边想办法解决这个问题。孩子们和奶牛还能撑过今天夜里吗？

无论革命的洪流发展得多么快，它仍然需要时间壮大。为了让尤哈的事业获得成功，洪流必须具有相当大的强度。直到第三天的傍晚，这一洪流才获得了新的力量。那天傍晚，到处是喧闹声，有人吹口哨，有人哼着歌，孩子们尖声地喊叫，女人们交头接耳地私语。从公路上驶过的马拉雪橇，从街巷到农庄，到处都响起了赤卫队之歌：

起来，芬兰人民最优秀的儿女！
要为摆脱专制的枷锁而斗争！

这时人们才懂得了什么是政权，尝到了自由所带来的震撼。自由感也渗入尤哈全身。经过一段时间的煎熬,他个人的自由终于来临。当他试图跟着别人唱的时候,他那单薄的声音却不停地颤抖。一辆满载干草的马车从皮尔约拉农庄摇摇晃晃地驶往托依伏拉,而这时候尤哈本人也正好从林内家出来,肩上扛着一大包食物,一步一步地朝着自己的家走去。两个孩子连饿带哭,已经处于半昏迷状态。有了这些,尤哈终于可以安心地投入更为广阔的精神解放的事业上去了。

那时局势看起来已经稳定下来了。第二天夜里,尤哈在林内家遇到了自己的儿子嘉莱。

他是坦佩雷的一个胖乎乎、红脸膛的马车夫,现在当连长。他们两人之间的关系根本不像父子关系,因为尤哈没有那种家长式的霸道。嘉莱跟他说话就像跟其他人说话一样。第二天早晨,他就带着他的部下到库斯考斯基去了。

现在是谣言满天飞,说什么某某大老爷已经离开人世了。不过这类事情大家谈得不多,大家谈的多是各自不同东家的情况,为了消磨时间,他们还详细地挑剔着每个东家的性格特征。到明天,变革就满整整一个星期了。在最初的日子,这个地区的生活秩序被强烈地打乱了,但是被打乱的秩序很快就固定了下来。当地居民并没有赋于这种新的秩序以特别的名称,忽而叫这,忽而叫那。对于这种局面的具体细节,大家都不愿意谈论。直到白卫军到来,后人们才明白这是起义,是一场独立战争。

这场战争已经进行了 7 个星期。在许多对此不感兴趣的人的心目中,最初几天所出现的那种紧张气氛随着时间慢慢地缓和了下来,征用马匹和粮食、发放通行证等都变成了惯例。当一辆雪橇驶到农庄门前,看到熟悉的来复枪枪管、通条和红色的玫瑰花结时,人们不再大惊小怪了。大家对这样的来客反而以笑容相迎,并且保证完成分配的任务,他们都是自己人,又是当地的,不会有什么问题……然后,雪橇便从院子里出来,继续向前行驶。一会儿,从前线下来的士兵就要到这里来喝牛奶了。

生话相当单调。黄昏时分,人们从一个院落走到又一个院落,到各家聊天,谈他们为赤卫队驾车时的所见所闻,谈他们在别处从赤卫队那里听来的消息。他们谈笑风生,谁都想跟别人保持良好的关系。他们觉得"刽子手"是不可能打到这里来的⋯⋯这里人都把白卫军称之为"刽子手"。要是有人驾车时还弄到了香烟,他就会把香烟分给大家抽。人们议论说,赤卫队命令巴依图拉农庄的老爷每天四次到林内处报到,现在对这种事谁也不觉得惊奇。甚至任何一个旁观者都会暗地里觉得,这种小小的羞辱对这个老爷不会有任何坏处。有传言说,林内的儿子被打死了。旁观者同样会觉得,这个小流氓死了,真是谢天谢地。旁观者看到了导致当前局面的一系列事件。他对形势的发展暗地里感到满意,因为一切都在如他所希望的那样发展,唯有一点难以忍耐的情绪折磨着他——他希望这一切尽快结束。他知道,哪一方都不可能取胜,因为战胜别人的首要条件就是首先必须战胜自己。

这就是偷偷地置身于这场战争之外的旁观者们在脑子里所想到的东西。现在他们开始感到事件正向前发展。生活不会容忍一成不变的单调,一般说来,生活本身有其相当固执的个性。

在这股滚滚而来的洪流之中,尤哈·托依伏拉始终紧紧地跟在先行者的身后。战争进行的时候,人们看见他东奔西跑,臂上戴着红袖章,眯着一对小小的眼睛。现在,许多农庄主都不得不听他的指挥,过去这些农庄主连把他划为社会主义者都不愿意。尤哈乐于参加各种重要的活动,在这种时刻,他总是眼睛瞪得大大的,嘴角上带着痛苦的皱纹站在那里。他也喜欢被派出去执行任务,虽然他的东家曾经转告指挥部说:"除了尤哈·托依伏拉以外,难道你们那里就找不出一个比他更像样的人吗?"许多人宁愿交出半个农庄,也不愿意听从像尤哈这样的人的命令。不知为什么,农庄主们都不喜欢他,甚至都恨他。

尤哈呢,却并不怎么憎恨那些农庄主们。他只希望做成一件事,那就是他们必须同意他所经常说的道理,即:人民是至高无上的,这些老爷们靠别人的劳动果实生活必须结束。以前他们不听尤哈的,每当尤哈走进他们的厨房,他们从不会请他坐下。不管他对他们说话如何客气,他们总是哼哼哈哈,然后就把注意力转向别处。即使是现在,战争还在进行的时候,尤哈也注意到,当他向他们传令的时候,他们内心里仍是十分忿恨的。

可怜的尤哈受到的就是这样的待遇。现在已经有不少人在电话中窃听到了不久就将出事的迹象,但尤哈跟嘉勒·尼埃米宁一起还在村里东奔西跑,收集毛毯。缺少心眼的尤哈还没体验到弄清形势的必要性。迄今为止,他已经积蓄了 500 多块马克。这很不错,不过事实上,他希望能有更多的钱落到他的手里。尽管他知道他住的木屋和周围的森林将归他所有,但是他还需要更多的钱。他好像开始有点儿迫不及待了。到目前为止,他一直尽力而为,并且打算继续这样做下去,但是效果来得很慢。林内说不定也在为自己的利益打算,你看很多钱都要经过他的手。

他在雪橇上把他的想法跟坐在他身旁的嘉勒·尼埃米宁说了说。但是嘉勒对他的话左耳进右耳出,回答也心不在焉,他老是哼着小调,眼睛看着的前方。在尤哈在他这一生中,从未遇到过一个真正的同志……

当黄昏降临的时候,尤哈带着征集物回到指挥部。他穿过大门走进屋子,长满胡子的脸上流露出严肃凝重的表情:他已经是个老年人,却仍在到处奔波。他心想,要是人人都只知道闲散度日,那就完蛋了。当需要行动的时候,人们就应该行动起来。林内的妻子邀他到厨房喝咖啡,她这样做也并不过分。

过去,每当他白天干完活挣到一点钱后,晚上像这样坐下来喝杯咖啡,那几张钞票会使他心里感到美滋滋的。现在,当他喝着咖啡尽情享受的时候,他通常也会产生同样的感觉。连续不断的活动所产生的吸引力不仅使他快乐,同时也使他心中不安。这里宁静、温暖,这里的人总是川流不息,人们吃饭、喝咖啡、从事各种活动。这里总是有人走进走出,电话响个不停。总之,这里的一切都有条不紊。看到这种情况,尤哈想,厨房里的柴禾够不够呢?好像不多了,得搬点进来。来自库斯考斯基前线的隆隆炮声已经响了好几个星期了,人们也已习以为常,它成了眼下生活的一部分,好像要是没有这隆隆炮声,当前的生活反而会变了样了。几百个马拉雪橇像无人驾驶似地擅自在远处的冰面上滑行。有时传来此地某个小伙子牺牲的消息,奇怪的是,这样的消息反而增加了人们的安全感。尤哈并不想当一个独立的农庄主,还是像现在这样比较好。尤哈就这样被卷进了时代的漩涡。如果说他的头脑力图更概括地评价当前这场斗争的意义和后果,那是不客观的。他觉得现在的情况不错,而且他还感到,不论发生什么问题,无论如何他都是安全的,因为他可以隐藏在人群之中。难道他是如此重要,以至于有人会从成千上万的老百姓中把他挑出来吗?想到这里,他爬起身,走出厨房去搬柴禾了。

尤哈·托依伏拉勤勤恳恳,但指挥部里的人看他或者听他讲话的时候,他们脸上总是带着表示赞许的笑容。尤哈注意到了这种情况,他用生硬的态度来接受他们的赞许。他刚从外面回来,现在又要出去搬柴禾。在厅堂里,有一些人正伸开手脚躺在床上,还有一个人坐在转椅上读着报。

然而,今天晚上尤哈却打算仔细地看一看指挥部里工作的人。由于某种原因,他的心里一直缠绕着一个可怕的疑点:这些人的镇静是假装的。刚才他征收被褥回来后,他们就开始这样表现了。墙上那个从附近农庄没收来的电话机呆若木鸡似地看着他们,天花板上吊的是奉命而安装的电灯。谁也不再注意尤哈是多么卖力气,相反,他们看见尤哈傻乎乎地忙忙碌碌,好像感到很厌烦似的。当他往外走的时候,尤哈突然想起,这种情况已经延续7个星期了。

但是,不管怎么样,一切仍是跟过去一样。夜色中一切都是静悄悄的，连来自库斯考斯基的炮声也平静了一些。刽子手还在那里坚守……大门口站着哨兵。路上传来脚步声，黑暗中出现了两个人影，他们越来越近了。这是一男一女，两人身上都穿着上等皮袄，他们没有和对方说一句话。尤哈认出这是位乡绅老爷和他的太太。现在是派依图拉庄园主晚上到指挥部报到的时候，他的太太总是陪伴着他。从库斯考斯基传来的射击声逐渐稀疏，使人感到，那里好像出了什么事。

尤哈走进柴棚，无精打采地抱了一大捆柴禾。出了什么事呢？他停住脚步，向着黑暗处看了看："发生了革命……我是个革命者……"当这一切刚开始的时候，他这样自言自语心里会感到很惬意，但是现在这句话中好像包含了尤哈无法理解的东西。要是一切能恢复原状就好了！"不管怎么说，我已经有500多块马克。"尤哈的脑海里，一个可怕的念头突然冒了出来：他是再也不可能回到过去的。转眼间，派依图拉从大门走了进去，尤哈的四周只剩下死一般的沉寂。

当尤哈抱着柴禾走进厅堂时，他看见派依图拉正站在门旁，他仍然摆出一副老爷们常有的那种傲慢的架势，脸上红里带黑，下巴噘得高高的。这时林内又开始询问他。尤哈抱着柴禾从他身后走过的时候，他听到老爷正在回答林内的提问，浑身晃动着，语气十分激烈。尤哈把柴禾放到厨房里，然后回到了厅堂，他针对刚才他所听到的牢骚回击道："资本家压迫劳苦大众，剥夺他们的自由，现在让一个老爷多走一些路，又有什么关系呢！"

尤哈这句话就在这个不折不扣的僵持状态下插了进来，就如同一个穷亲戚出现在阔客人面前一样，说得实在不是地方。林内本人正坐在一张床上，两个手肘搁在膝盖上，左手夹着一支香烟。他对派依图拉作了这样一个表情，意思就是说："如果你以为我们依靠像尤哈这样的人，那你就错了。"他大声地对着派依图拉老爷说，同时做出个不耐烦的手势："好吧，如果你认为对你健康有好处的话，那么以后可以不用再到这里来了。现在你可以走了。"

"好，"派依图拉回答道，然后转过身子走了出去。林内从床上站起身来，也离开了屋子。留在厅堂里的人都默不作声，每个人都保持刚才的姿态。只有尤哈想说几句，但谁也不注意他。电话铃响了。莱赫麦基站了起来。

"喂……是啊……不……不知道，他刚刚出去了……什么事？他们不是从图尔库来的吗？……逃跑了？跑哪儿去了？纯粹是谎言……"

莱赫麦基放下话筒，但他什么都不说。

"我早就怕出这种事。"麦基宁说。

尤哈感到坐立不安，尽管他并没有听懂电话的内容。这时林内走了进来。

"托依伏拉，你去盯着这个刽子手，别让他从狗窝里跑了。"林内对尤哈说。

"哪个刽子手？"

"就是刚才走的那个人……有人来过电话没有？"他向其他人问道。

"来过。"

"我要带来复枪吗？"尤哈问道。

"当然要带。"林内回答道，同时很奇怪地大笑起来。

这是尤哈·托依伏拉最后一次离开林内家，虽然他当时并不知道这是最后一次。他那始于米迦勒节之夜的长达 60 年的生命正急速地走向终点。在那如此遥远的过去，谁也不会想到，那个夜晚和当前进行的这场战争之间会有什么联系。那个时候尼基莱家里照明用的是松明，老本杰明穿的是粗麻布衬衣，喝的是自制的酒。当时他一连几天喝得酩酊大醉，狠狠抽打自己的第三个妻子，主宰着自己的家庭，天与地之间占据统治地位的是深深的农村式的平静。迄今为止，尤哈这个生命已经经历了 60 个年头，现在它即将走到尽头了。这家所有其他的成员都已经离开人世。

当时降生的那个孩子正是如今的这个社会主义者尤哈,他正走在通往派依图拉家的路上。虽然他被当成一个愚昧无知,头脑简单的人,但他还是活了 60 年,而这 60 年,正如我们所知道的那样,在芬兰人民的历史上,是充满变化和发展的多事之秋。

此刻是一片漆黑,尤哈正慢慢地走在冰冻的道路上。你瞧,他扛着来复枪,胡子拉碴,瞪着双眼,看起来好像人类进步的魔鬼正骑在他那瘦骨嶙峋的肩膀上,吐出舌头,抽打和驱赶着尤哈·托依伏拉向前奔跑。从这一角度看来,尤哈根本不是个令人讨厌的人,相反地,他甚至应当引起人们的同情。因为正是这个魔鬼,在当事人不知道的情况下,骑在这样一些人的肩膀上。当他们浓浓的眉毛之间布满着深深的皱纹,迈开步伐向前走的时候,魔鬼的脸上露出了狰狞的笑容。这样的事情魔鬼已经干过不知道多少次了。

当尤哈大踏步走向派依图拉家的时候,一种孤独无援的感觉出现在他的心头。今天晚上是报善节的前夕,重大的事件即将发生,虽然尤哈对形势将向哪个方向发展并不十分清楚。但他知道,他是被派去执行一项别人都不愿意干的任务的,他发现:尽管自己卖了这么多力气干活,就连柴禾都主动搬进来放好,但人家都没有对他以好心相报。尤哈一生受到的都是这样的待遇:没有一个人把他放到应有的位置,给予应有的尊重。他所干的一切,不知为什么总是不合时宜,对此,无论是他本人还是其他人都毫无办法。对其他人来说,不管是发迹还是没落都很自然,甚至遇到不幸也必须认真对待。但是,对尤哈来说,无论是幸运还是不幸都一样,结果总是他吃亏,总是以荒谬告终。就以这次他所干的活和这个大有希望的开端为例,到底会有什么样的结果,还得等着瞧……妻子去世后,一股善良和平静的浪潮曾经涌遍他的全身。那时候,他觉得他对他的孩子非常好。他相信在这样的基础上日子就会好过些。在他的想象中,既然孩子的母亲已经离开了他们,那么无论干什么都会很顺利了。起初情况的确好像有了好转。特别是女儿在一个地道的乡绅人家做佣人，更是一个令人高兴的预兆。那时，尤哈感到浑身是劲儿，一连好几个星期，他口袋里装着一张10马克的钞票却没有花钱的欲望，他四处奔波，丝毫不觉得疲倦。他对那段时间最深的印象是：皎洁的月光整夜整夜地照耀着大地……这也是尤哈在他一生中最明亮的时刻。但在女儿死后，这一切都落空了，生活又恢复了老样子。尤哈从好梦中醒来，发现自己重新过起原来的日子，从早到晚忙忙碌碌，但却没有令人心满意足的时候。在这样的心情下，尤哈需要找到一种充实自己生活的东西。他要找些事来干干，比如说穿上白色衣领的礼服，虽说这只是一种填补精神空虚的行为，看起来也很好笑，但他必须这样做，否则人家会认为他是个头脑简单的人。别人的看法往往伤害了尤哈的自尊心，因为他觉得自己的头脑并不简单，自己的心计甚至比别人还要多……如今，许多厅堂里广泛谈论的"社会民主思想"，就像过去被嚼烂了的"永恒的幸福"一样，也占据了尤哈的头脑。

尤哈穿过冰冻的湖面来到了派依图拉庄园的门口。院子里漆黑一片，万籁俱寂。湖的对岸，林内指挥部的灯光依稀可见，远处教堂村里，两盏巨大的碳丝灯发出红通通的光芒。从灯光的后方，从库斯考斯基方向传来稀疏但持续不断的射击声。一辆马拉雪橇从冰面上朝着派依图拉庄园驶了过来，甚至在爬坡时也疾驰如飞。雪橇越来越近了，此时尤哈看到雪橇上有两个人，身穿皮领大衣，手里拿着来复枪。

"谁?"尤哈粗暴地问道。

毛衣领子里没有传出任何声音，拉雪橇的马又开始奔跑起来。

此后整整一个小时再没有看到任何人。只有远处的灯光神秘地闪烁着，此外还有低沉的射击声，这是多么庄严的报善节之夜。尤哈得以安安静静地观察着派依图拉的房子，想象着庄园主人派依图拉老爷家的生活情景，对尤哈来说，老爷所过的生活是他彻头彻尾无法理解的。派依图拉的心计、财富和他整个的生活方式——这一切都像图画一样清晰地展现在尤哈前面。当他察觉它们中间存在不协调的时候，他感到十分生气。他想起了他跟这家伙多次打交道的情景。

劳苦大众和派依图拉老爷……在人民面前，像他这样的老爷是多么无能为力啊！一方面是这个老爷的心思和计划……在这个世界上他也指望着取得成功……另一方面则是劳苦大众的想法。他的整个心思是稳保自己的庄园，而劳苦大众则要冲击整个世界！

尤哈那里又驶来了几辆雪橇。从嘈杂的声音判断，是长长的一队。来了那么多雪橇，它们是干什么的？

最前面的雪橇快到尤哈跟前，有人厉声问道："哎，老头子，有没有两个家伙从这儿过去？"

"一小时前有两个人过去了。"

"狗崽子！你怎么不拉住他们呢？"

又有三四辆雪橇过去了，同样问道："喂，老头子，你有没有看见两个军官经过这里？"

"怎么没看见！"

"什么时候？"

"大约一小时前。"

相继而来的马匹打着沉重的鼻息从尤哈面前走过。每辆雪橇上都有五六个人甚至七八个人挤在一起。女人坐在男人的膝盖上。有一个人对尤哈大声喊道："老头子，你快走吧！前线已经崩溃了！"但这话并没有对尤哈产生什么影响。他似乎还沉浸于集体行动带来的荣誉感之中。许多人都冲着他发出了类似内容的喊声和劝告。

"老头子，是不是抓住了一个刽子手？否则你蹲在这里干什么！"

此时尤哈应该明白，那队雪橇是从前线撤退下来的，也许他已经下意识地明白了这一点。但是，首先涌入他的心头的是革命的激情。在他看来，眼前这些人马是在前进还是后退，对他来说是无所谓的。欢乐的激情占据了老尤哈的全身，他那火爆的脾气也好像大大地减退了。当他的头脑不由自主地寻觅合适的词语来表达他的感受时，他的嘴巴就喋喋不休地说道："穷人的队伍……民主的队伍……胜利是属于我们的……"

但是，当最后一辆雪橇在黑暗里消失之后，尤哈马上就陷入疑惑之中。不一会儿，他就很明显地感到害怕了。派依图拉庄园里一排排黑压压的房子和房子后面的森林好像把他征服了似的，它们都站在派依图拉一边，而尤哈却孤零零地站在漆黑的道路上。连林内家的灯光也冷飕飕地闪烁着，好像不愿意承认跟尤哈相识似的。尤哈心想：此时此刻，派依图拉就在那座黑暗的宅院里呢，如果他现在往外冲出来，即便他是赤手空拳，我也无法阻止他。尤哈仿佛偷偷地看见老爷脑子里在想什么，好像他正和派依图拉面对面地待在一起似的。在他的想象中，老爷是这个地区的主要角色。当他看到老爷头脑里顽固的思想活动的时候，他立即感到有点儿愤愤不平。面对这样的顽固分子他简直不知该怎么办才好。即使把他们都杀了，他们尸体上的脑袋仍然存在，因而打死他们的人只会觉得自己是个失败者。这些老爷的脑袋（尤哈产生了一种幻觉，仿佛他看到在一个断头台上摆着许多这样的脑袋）……不是别的东西，就是这些脑袋，使穷人感到他们一直是被人嘲弄的……忽然间，尤哈发现，库斯考斯基的射击声早已停息。刚才那队人马就是从那个方向退下来的，现在那里已经空了。尤哈无法想象，那里现在出现了刽子手白卫军……那里简直是一片可怕的空白地带，它使人感到压抑和窒息。而在另一个方向几米远的地方就是派依图拉老爷的脑袋。尤哈现在是只身一人，而派依图拉和那片空白地带已经勾结在一起来反对尤哈了。它们打了尤哈个措手不及，它们正在狞笑。此时，林内家的灯光却像熄灭了似的，黯淡无光。

尤哈向湖岸走去，虽然他知道他一个人是不敢离开这儿的，但他也不敢去林内家,他必须站在这里,一直到天亮。不论发生什么事情,只要他是在这座庄园里面,就不会有什么危险。

从湖面上又传来雪橇的吱吱作响声。一辆雪橇正吃力地爬上岸来。突然间尤哈感到惊惶失措。刚才在想象中经历的事情仿佛真的出现了。他似乎听到有人在他后面喊道:"他们来了,他们是来抓你的!"这辆雪橇对尤哈来说是危险的。不久前驶过的那些雪橇已经走远,现在尤哈处于这辆雪橇的控制之下。看来,这些人手里也有枪。

雪橇转向大门驶来。尤哈听到有人在低声说:"这个魔鬼就住在这里。"接着雪橇就停住了。尤哈吓得心里怦怦直跳,但他的头脑里很快就出现这样坚定的信念:我从未伤害过任何人!

那帮人停住了雪橇,其中一人简短地对尤哈说:"暗杀!"尤哈听到了这句话,但不明白是什么意思,他的膝盖不停地颤抖。此人又大声重复道:"暗杀!"

"是……是啊,什么暗…杀…?"尤哈结结巴巴地问道。

"他妈的,你是什么哨兵? 连口令都不知道!"

这个人说话很快,尤哈没有听懂。他只得走到跟前,尽可能温和地说道:"唉,你说什么?"

"谁派你到这里来的?"那人问道。

"林内派我来的。"尤哈好像是为自己辩护似的回答道。

"好吧,你就呆在这儿,看住这匹马。"

这是几个矫健的、几乎有点儿阔少派头的小伙子。其中一人长得非常英俊,帽子底下露出缕缕鬈发。他一言不发,只听着别人说话。有一个人走到大门跟前,并且开始敲门。别的人都站在离大门较远的地方。里面无人应答。那个人又敲了一下。突然,大门挑衅似的大敞开来。两个人走进院去,但那个一头长发的漂亮小伙子却留在门外。尤哈真想走过去跟他说话,向他表示一下同志般的问候,但他不敢这样做。他最好还是呆在这大门旁……反正他从来也没有伤害过任何人。噢，那匹马他当然会老老实实地照看的……他们肯定很快就会出来的……他们当然会把派依图拉带走的。尤哈开始觉得轻松了一些……因为他从来也没有伤害过任何人。

大门砰的一声打开了，走在前面的是派依图拉，后面跟着刚才那两个人。老爷的动作很快，而且很稳当，好像知道该往哪里走似的。他从尤哈前面走过，但一眼也没有朝他看。两个小伙子中的一个用枪杆子指引他坐到雪橇前面赶车人的座位上。那个漂亮的小伙子站在一旁。当老爷拾起缰绳，另外两个人也坐上雪橇之后，他从后面跳上滑木，然后驱车向湖面驶去，走的仍是来时的那条路。

尤哈大大地松了一口气，他真想坐在雪地上歇一会儿。他现在没出什么事，以后也不会出什么事。派依图拉被带走了，尤哈现在可以保持自己内心的平静了。那些家伙骂他不知道口令。可正因为他不懂得口令，他才得以置身于这一切事变之外。尤哈感到，派依图拉被带走以后，这座庄园好像都在自己的控制之下，他的心情变得平静而舒畅。他想，在弄清是怎么回事之前，他还得在这里再呆会儿……奇怪的是，为什么库斯考斯基那边这么平静……

湖边有响声，尤哈想，那些家伙在岸边搞什么名堂？雪橇已经停住了，有人在说话，有人在厉声谴责。忽然，"啪"的一声枪响。而后又有人打了一枪，并传来一阵嘟嘟嚷嚷声。有一个人在安慰那匹受惊的马。尤哈两腿发软，头脑发木，使他十分惊讶的是，派依图拉那个异常威严的脑袋仿佛又洋洋得意地出现在他的庄园里，而且朝着尤哈使劲地喘气。在那个脑袋旁边是派依图拉老婆的脑袋。刚才还在尤哈心里不停地重复的那句话"我从来也没有伤害过任何人"忽然间消失了。

那辆雪橇重新奔上岸来，上面坐着刚才那三个人。他们什么话也没有说，沿着庄园疾驰而过。尤哈吓得魂不附体，不知所措。当他正准备转身追赶他们的时候,他听到另一辆雪橇正朝着他驶了过来,有人喊道:"站住!"从雪橇上跳下来一男一女。男的很快跑到尤哈跟前,问道:"你是谁?"

"我是尤哈·托依伏拉……林内派我到这里来的。我没有伤害过任何人。"

"住嘴!站在这儿,把马牵住……要是有人来,你就开枪!"

他们从大门里走了进去,就在几分钟之前老爷也是从这扇门里被带出来的。尤哈真想跟着他们进去,尽管他手里拽着马的缰绳,但他一个人留在外面还是感到十分害怕。他不由自主地用手抚摸马的鬃毛,把马的笼头往上提了提,但在这样漆黑的夜晚,他所有的神经都绷得紧紧的。最近发生的事情都从他的记忆中消失了,他心里的感受跟差点儿被雷电击中时的感受是相同的。

就在这天夜里,库斯考斯基的战线崩溃了,获胜的军队开始涌入这个教区。深夜1点钟左右,枪声又开始响了起来,这是胜利者在枪毙留在库斯考斯基一带的起义者。这些留下来的起义者实际上都是比较温和的,他们对敌对行为一无所知,甚至一门心思地认为自己是不会出事的,在这样的混乱中没有人会注意他们这些小人物。然而他们却遭殃了,因为在库斯考斯基战斗中,胜利者根本不抓俘虏。凡是不知道口令的人统统都被枪毙了,因此,在这样匆忙的情况下,许多无辜的人也许就这样结束了生命。但此时,在深山老林里,尤哈正沿着栅栏走在一条狭窄的小路上。小路两旁耸立着的云杉树和新生的灌木丛似乎减轻了尤哈在村里空旷地带上感受到的恐惧。这条两旁长着云杉树的道路在任何情况下依然如故。此时你如果能偷偷地看一看尤哈的眼睛所流露出来的表情,那么你在往后的日子里一想起这样的表情就会情不自禁地笑了起来。

现在老尤哈终于彻底摆脱了叛逆的心态。低沉的枪声已经不再能引起他的注意了。他现在是处于树林的保护之下,树林的深处有他那不幸的但却是亲切的家。他相信,从现在起他的愿望只有一个:孤独地度过自己的余生。既然他能够从刚才的险境中摆脱出来回到家里,那么他肯定能够平平安安地生活下去。不管怎么样,他觉得欣慰的是:他从未伤害过任何人。

当强盗还在派依图拉庄园的主楼里作恶的时候,一大群乌合之众开始出现在冰封的湖面上,即使在漆黑的夜里,从他们身上仍然散发出沮丧和绝望的气息仍然清晰可辨。就在那时尤哈才真正明白究竟发生了什么事,他像一头突然迷途的羔羊一样开始到处乱窜。现在潮水般地朝着他涌来的人群不是他的同志,他无法跟这些人一起共事,他们不可能提供尤哈所必须要有的那种安全感。尤哈感到枪托在他手中发烫。那帮逃难者很快就会找到他,刚才进入宅院的那两个人也随时都可能出来。瞧,林内家的灯光还亮着,但我不可能到他那里去,我也不敢这样做。危险,危险!尤哈悄悄地躲进车棚,把枪塞到黑暗的角落,侧耳倾听越来越近的嘈杂声。他已经能听到人的喧闹声,孩子的哭叫声和女人们的哭诉声。与此同时,还有另一种声音。这就是他自己那种颤悠悠的呼吸声。枪就在伸手可以抓到的角落里……但它是个随时都可能出卖自己的不可靠的伙伴。

从屋里走出两个人。当他们发现尤哈不在门边的时候,他们就破口大骂。"难道这就是刽子手吗?见鬼去吧,真该把他们毙了!"

"现在我会出什么事?上帝啊,上帝!……我该说什么呢?……今年夏天我没有参加圣餐拜受。我不会死的,不会死的!圣餐……只要我能离开这里,我就马上去接受圣餐。"喧闹声和脚步声不停地响着,而从屋里出来的那两个人的讲话声却已经听不清楚了。尤哈想,难道他们在找我?上帝啊,不管怎么样,我都会去参加圣餐拜受的!尤哈觉得两腿冻得发抖,饥饿使他晕晕乎乎。

　　嘈杂声已经消失了很长时间,但尤哈却仍然站在一个角落里。他觉得庄园周围好像还有许多人在走动。派依图拉的老婆好像正在跟许多气急败坏的老爷们一起在那里忙碌着,这些老爷就是这样的人,不管你说什么,他们总是误解你的意思。尤哈提心吊胆地走到车棚的门旁,除了漆黑的夜晚,他没有听到和看到别的东西,于是他就壮起胆子走出棚子。黑夜中,刚刚发生的事情还依稀可辨,好像又有什么新的事情将要发生。林内家的灯火已经熄灭了,但来自教堂村和库斯考斯基附近的灯火仍然若隐若现,它们似乎在表明,这里还没有恢复到报善节前夕时那样的局面。

　　尤哈脑子里遐想圣餐拜受的时刻就这样过去了。来复枪还留在车棚的角落里。当他那麻木的脑袋开始考虑如何绕道回家的时候,他才意识到,自己显然是做了一件坏事。要是能摆脱这座宅院的影响就好了!他一面慢慢地从岸上向冰封的湖面走去,一面竖起耳朵仔细地听着动静,准备必要时跑回去拿枪。他一生从未开过枪,当然现在也不会开枪的。尽管如此,有一种本能仍然在提醒他:此时此刻,如果出现危险,身边有支枪就会更可靠些,枪更适合目前的环境。走到半坡,他忽然想起,派依图拉就是被带到这里来的。不,不能留下自己的枪。他拔腿跑回车棚,在黑暗中摸到他的枪,然后又重新鼓起勇气向岸边走去。

　　在通往湖面的下坡路边的雪地上,有一个黑乎乎的东西隐隐约约地躺在那里。尤哈拿着枪走了过去,周围的夜色仿佛在催促着他往前走,好像迫不及待地要让他看清楚这个黑色的东西。强烈的好奇心和恐惧感混合在一起驱使这尤西上前细看。噢,他终于看清了:这是一个朝天躺着的人,脖子向后弯曲,胸部和腹部挺得高高的。右手像在睡梦中一般稍稍举起,左手直接平放在雪地上。他……他就是派依图拉!不久前他在林内家还大发牢骚,傲气十足呢!此刻,尤哈的头脑里根本没有想派依图拉,更没有去想是谁把他杀死的,这个死掉的老爷使他害怕,他好像看见这个人的脑袋在这块雪地上那种耀武扬威的样子,这是多么令人作呕呀!

尤哈非常害怕,他的头脑本能地试图自我保护:"我要看一下尸体,我想我可以看一看尸体吧!不管现在谁来,当然首先就是要看一下尸体。"尤哈胆怯地向四周看了看,好像周围有人似的。派依图拉的尸体和他的脑袋已经退居一旁。漆黑的夜晚好像在问他:"你敢离开这里吗?你要走很长一段路,穿过一大片开阔的平地,才能回到自己的林子里,回到家里你才能感到安全了。你的枪怎么办?你把它塞到哪儿呢?"

尤哈绕着尸体走了一圈,像执行命令似的伸出手,把枪放在尸体旁边,然后撒脚就跑。从库斯考斯基传来了一声枪响。老尤哈气喘吁吁地跑在冰面上,不知道该走哪条路。他拼命向着对岸通向高坡的道路奔去。他正面临着一个说不出口的危险,但使他宽心的是,总算把枪留在尸体旁边了。他对当前的局势一点儿都不了解,现在他没有别的打算,只是想回家,回去,回去,回到过去的生活中去。他模模糊糊地想到孩子、死去的妻子、某个星期日早晨那种温馨的时刻……只要还能顺利地生活就好了!现在,他磕磕碰碰地走着,不时跌倒在地,结果老毛病疝气又犯了,疼得他两眼涌出了泪水。从库斯考斯基又传来两声尖厉的枪声。"你们这样折腾我,我到底干了什么啦?我是一个规规矩矩的社会民主党人……"想到这里,尤哈便坐在冰面上休息片刻。

又有一批逃难者沿着已经踩踏出来的小路蜂拥而至。尤哈好像从他们身上得到了某种支持,因此他一下又站起来了,并且朝着大路继续走去。枪已经远远地落在后面。也许有人会在尸体旁发现这支枪,但谁也不会猜到这支枪是哪里来的。

深夜两点,尤哈终于拖着疲惫不堪的身子回到了自己的家。他已经整整一个星期没着家了。当女儿莱姆比开门让他进屋的时候,屋里一股臭气扑鼻而来,但尤哈此刻却觉得这股气味让他非常安心。他点上灯,向四周看了看,发现屋里乱七八糟,这是不会干家务活的孩子们试图照顾自己的结果。显然,他们曾经想自己做饭、弄菜。上次从林内家拿来的用纸裹着的黄油还没放到盛有盐水的木桶里去,吃剩的黄油跟土豆皮和鱼杂碎仍然裹在同一张纸里。孩子们挤在一张铺着草垫子的木床上,身上盖着布满补丁、破烂不堪的被褥。屋子里寒气袭人,孩子们冻得直打哆嗦,林子里到处都是白雪覆盖着的树枝,但孩子们不会打柴。

在这个报善节之夜,对尤哈来说,这种早已习以为常的穷困也是很亲切的。他知道他在教区里闲荡的日子是一去不复返了,他再也不用这样做了,这使他那麻木的心灵得到了安慰。不管他曾经干了些什么,这一切终于过去了。现在他该重新开始。

尤哈找了一些吃的东西,填饱肚子后,他满怀着对即将开始的新生活的强烈渴望睡着了。

当拂晓来临时,这个教区的确开始了新的生活。曾经一度占据统治地位的种种狂热、激情突然间被一扫而光,从人们的记忆中消失了。农场主们身穿最好的皮袄,从不同的村子驾着马车来到教堂村。教区议事厅,国民学校和青年协会大楼里,到处都站着他们的人。如果说他们中间有些人对最近发生的事态度比较暧昧的话,那么他们对新形势的态度却是一目了然的。教区各地抓到的各种年龄和各种面貌的俘虏已经被押送到教堂村。天刚破晓的时候,一部分人就已经为自己的罪行付出了应有的代价。开始的时候,许多好心肠的农场主心里感到不安,他们觉得这样快地作出判决有点儿仓促。听到又枪毙了自己的哪个熟人的消息,他们也会感到震惊。但不久之后,就连最胆小的人也对此感到习以为常了,甚至还竭力表现出自己要比别人冷静,对这样的消息,只是顺便提一下而已,甚至还会边笑边说……

在旁观者看来,最有趣的就是那些没有参加动乱的工人,这些工人散居于整个教区的佃农们之中。当然他们那时候说话要尽量小心,但就他们的智力水平,要掩盖自己的真实思想是很难的。有时他们难免不小心说漏嘴，并且对此非常后悔。他们静静地站着，睁大了眼睛，尽量不要引起别人的注意。在动乱期间，有许多农场主曾说过一些更难听的话，他们的妻子必须隐蔽起来。但是，许多这样的女人还是被抓住后送往北方。其余的人可以向赤卫队行贿、告密，那完全是另一回事，因为没有人会怀疑农场主是叛乱分子。但是，如果你是个雇工，而且说漏了嘴，这就糟糕了。这样的男人必须马上向白军军官自首，女人们应该躲藏起来。但仍有不少女人被捕，而且被流放到北方去。其余的人看到治安队从窗前闪过，也吓得更厉害了。

派依图拉老爷的死因很快就查清了。在他的尸体旁找到了一支来复枪。很明显，林内已经仓皇出逃，但白军从他家里找到了分发武器的清单。清单上清楚地写明，这支枪是属于尤哈·托依伏拉的……"啊，原来是这个魔鬼干的！"而且派依图拉的老婆也证明那天夜里她见到尤哈在他们家门口。

即使像尤哈这样的人，头脑在早上也要比晚上清醒得多。他刚一睡醒，就明白了，事情远不会那么顺利。弄不好随时会有"客人"登门。

他坐在屋子里，眼睛始终看着门口。但是，门旁的那堵墙没有窗户，看不见门前的小道；于是他就不时地跑到院子里。那天早晨，奶牛得到了好几叉的干草，牛身被刷得干干净净，牛粪也都统统清理出牛棚。他很少有像今天——报善节——这样热心地收拾过自己的家园。但就是没有看到有人来。

"现在他们一定在尸体旁边找到了那支枪。"尤哈心里想。"我把枪放在那里，好还是不好呢？不管怎么样，要是把枪放在车棚的角落里，那肯定更糟糕。"不过，他又想，没有一个老爷或者农场主会这样干的；他们的头脑里决不会出现这样的念头。要是一位年轻绅士在那里找到了这支枪，他会感到迷惑不解，他会感到可笑，因为他会从中嗅出这一定是一个愚蠢的乡巴佬干的，而这种人的头脑，对于他那种聪明人来说，简直是不可思议的。实际上,尤哈是尤哈,年轻绅士是年轻绅士!把他们加以对比岂不是可笑而离奇的吗?尤哈在他的一生中对此有深刻的感受。

然而,生活有时候会为你安排这种索然无味但反差强烈的场面,仿佛要故意通过这些场面来展示一些秘密的,不用言语表达的真理。报善节的傍晚,尤哈的家里来了两个身体健壮,牙齿洁白的青年,他们是由当地农场主皮尔约拉带领来的。当他们还在庭院门口的时候,尤哈就已经透过畜棚的窗户看到他们了。来人没有看见尤哈,但尤哈却看清了他们的面孔,而且吓得手脚冰凉。这是一种新的情况。尤哈的头脑里对于敌人没有一个清晰的形象。不错,他过去也曾琢磨过,老爷东家的子弟到底是些什么样的人,但是他从来没把他们看作某种有组织的整体,只是看作毫无威胁的对手,一个个孤立的,有点儿傻里傻气的人而已。但现在,这些人头戴一模一样的帽子,身上系着皮带和吊带,他们的后面是尤哈所唾弃的国家机器。他现在已经落入他们手中,没有别的选择,只能呆在畜棚里,直到他们把他抓走为止。他想:我在派依图拉庄院门口站过岗,这里的干草是从皮尔约拉农庄拉来的。

此刻,他听见皮尔约拉站在畜棚门前说:"不错,不错,这就是从我的农场拉来的干草。"

"他是不是抢你的干草了?"一个陌生人操着标准的,但很生硬的口音说道。

"一点不假!"

与此同时,另一个陌生人在屋里也看见了这家的穷困相,不过他的感觉跟尤哈是不同的。

他问尤哈的女儿:"你父亲在哪里?"

"我不知道。"女孩子回答说。

"你怎么会不知道?"

女孩子想回答,但不知道如何回答。

陌生人转过身来,问尤哈的儿子:"你知道你父亲在哪里吗?"

"不知道。"

"今天他来过没有?"

"来过。"

"既然他来过,你怎么会不知道他现在在哪里呢?"

陌生人厉声地说,并且朝着这个孩子向前走了一步。小孩哇的一声哭了起来。

"行了,别哭了! 我不会吃掉你的。"

此时,尤哈正紧靠在畜棚门旁的墙站着,所以当皮尔约拉开门进来时,首先看见的是那头红色的奶牛。不过,他很快就发现了那对令人恶心,却非常熟悉的小眼睛,它们正直视着他。他立即大声喊道:"他在这儿! 还有一头红色奶牛!"从他的喊叫声中可以听出他既愤怒,又激动。

刚才到过里屋的那个人急急忙忙地来到畜棚的门口。尤哈看见了他那俊秀的脸孔和笔挺的身材,并且听见他口齿清晰地说道:"出来吧!"

尤哈朝着门口走去,但走了一下又停住了,因为他们把通道堵住了。两个年轻士兵盯着尤哈看来看去,他们脸上的表情就好像自己正在被胁迫着抓一头肮脏的牲畜。

"噢,听见没有?! 快出来!"

尤哈走出畜棚,脑袋颤抖着,两眼瞪得溜圆。因为有外人,所以皮尔约拉用比较客气的口气说道:"尤哈,快走吧! 咱们到参谋部去吧! 不过在那里你会怎么样,我可不能担保。"

路上,一个士兵问道:"是你打死派依图拉老爷吗?"

"不,不是我打死的。要是我说瞎话,让雷电当场劈死我……我跟谋杀毫无关系……"尤哈激动地擤了一下鼻子。

"那么你的枪呢?"

"放在他的尸体旁边了,这是真的……但不是我打死他的。"

"好吧,详细情况你还是到参谋部去说吧。"

接着大家就一声不吭地继续向前行走。尤哈在头脑里算计着,家里还剩多少面包、咸鱼、柴火和干草……要是皮尔约拉把他的干草都拿走,那么奶牛就要挨饿了!儿子会怎么样呢?女儿嘛,她可以离家去工作。他又想起了希尔图的命运;眼泪刷刷地流了下来。这次离家之后他要死了,再也不会沿着这条两旁都是围栏的小道走回来了……他的一生毫无成就。他娶过一个老婆,种过佃地,还参加过社会民主党。实质上,这一切都是他亲身经历的。他所以做这些事,仅仅是因为他觉得自己应该做这些事。现在他应该去死……但孩子们还不懂事。况且他的孩子跟人家的孩子也不一样,他们好像是一个不合格的人生的孩子……

他们来到村里的一块开阔地带。在昏暗的暮色中,看到眼前一排排的房子,尤哈觉得,从昨夜到现在仿佛已经过了 10 年。他很清楚地知道,自己将被处死。一股热流涌上心头,不过这反而使他冷静下来,泪水从他的眼睛和鼻子里哗哗地往下流。此刻,他的两条腿像灌了铅一样沉重。虽然他累得走都走不动,但是疲惫却使他感到像酒醉似的昏昏沉沉。深藏在他那种昏迷状态背后的是他对自己一生的回顾。这种思绪越来越强烈。当他想到自己的笨拙无能时,他感到完全绝望了。尼基莱·本杰明和他的女仆玛雅 60 年前生下的这个孩子,如果他具有比较发达的智力的话,那么在自己一生的最后一段路程上,他也许会对自己终生的作为感到满意,然而,尤哈并不是一个这样的人。此时的尤哈觉得毕生经历的一切好像都随着泪水的流淌垮掉了,与此同时,他那越来越软弱的情感也被刷掉了。

沿途经过一座又一座院落。有些院子里挤满了士兵……对于这些士兵,即使是像尤哈这样的头脑糊涂的人,也不能把他们称为刽子手。院子里有十几匹马系在木桩上。在一个院子前,尤哈被推上一辆雪橇,后面跟着一支卫队。这时，尤哈越来越清楚，自己确实没有生还的希望了。但愿自己不要慢慢地受折磨而是很快就了结掉，这就好了！但一想起孩子和奶牛，他就感到非常痛苦……他哭了又哭，眼泪不停地流淌着……

尤哈·托依伏拉的案子本身就已经很清楚，没有任何疑点。直到最后一天他还和其他人一道从事犯罪活动，最后一桩是征用毛毯。在杀害派依图拉的案件中，他很明显地起了重要的作用，但是，当见到尤哈后，连最急迫的指控人也对他会不会开枪表示怀疑。在这个地区里找不到一个同情尤哈的人。不错，在那个报善节之夜，有些农场主看到尤哈被押送到监狱的时候，他们不由得感到有些可怜他，但他们对自己的这种表现是并不满意的。所以当尤哈从他们视线里消失时，他们就马上松了一口气，因为他们知道自己再也不用跟尤哈打交道了。他们的心理跟这样的人是相同的：当家里需要屠宰一头牲口时，他就想尽办法离开家，但待他回来时，看到一堆堆切得整整齐齐的肥肉时，他就马上啧啧称赞。

当尤哈到达关押的地方时，他的肉体和灵魂都在颤抖。他相信，当晚他就会被枪毙的，于是他一直在想象子弹会怎样穿进身体，他的嘴唇不停地动弹，好像是在祈祷，他根本没有想到看看自己周围的环境。屋子里挤得水泄不通，不可能每一个人都能躺下。咳嗽声和吐痰声响个不停。随着时间的消逝，尤哈对死亡的期待变得更为急迫。有些人祷告说，在他们尚未被处决之前，愿上帝拯救他们的灵魂。人群中有几个小流氓，他们野兽般的脸上此刻也不由自主地流露出严肃的表情，那种神态实在令人发笑。其中的一个还跟哨兵攀谈。

"你们不会全部都被枪毙的。"哨兵漫不经心地笑了笑说。

黑夜快过去了，一个人也没有被拉出去枪毙。天快亮的时候，人们一个一个都打起了盹，不一会儿，屋子里就响起了沉重的喘息声和咳嗽声。还有人不时地呼喊着："上帝啊！圣父啊！"甚至还可以听到鼾声，原来是一个小流氓在这种环境下进入了梦乡。

天亮以后又带进来了一批俘虏。他们跨过正在熟睡的人,想挤到窗户下面去,但是守门的不让他们这样做,他他命令他们睡在墙脚下。

　　"见鬼去吧,为自由只好付出昂贵的代价!"一个刚被带进来的人说道。

　　即使是进入梦乡也没有太大的意义,况且大家都觉得自己根本就没有合眼。不管怎么样,清晨短暂的打盹儿还是使人把昨天和今天区别开来。这天早晨,囚犯们凭嗅觉推测,夜晚到来之前是不会再枪毙任何人了。这个漫长的审讯日就要开始了。

　　上午8点半,军法官、警备队长和当地自卫队的指挥官在喝咖啡。他们都神经过敏,几乎要对骂起来,因为一切都在混乱之中,今天又将是紧张的一天。现在百废待举,什么都需要,但什么都没有。如此多的俘虏是个棘手的问题,如何处理他们? 谁也没有现成的办法。有些俘虏在当地农场主的担保下被释放出狱,另外一些俘虏被军官自作主张地枪毙了。他们当中如果有鞋匠,就马上让他们出来干活。从早到晚,农场主拖着婆娘和其他的嫌疑人来问这问那。还有人因为电话机被士兵征用而来参谋部要收据。所有这一切使警备队长司和军法官怒不可遏,常常不自觉地说起瑞典语,不过那个当地自卫队的指挥官却只能说芬兰语。

　　最麻烦的仍然是俘虏问题。

　　"让我们先处理那些该枪毙的俘虏。"军法官说。

　　"噢,那些赤卫队指挥所里的地痞流氓,用不着一个个审判。"警备队长用瑞典语说道。

　　"是的,用不着这样做,但是鬼才知道,谁是指挥所里的地痞流氓。"

　　这是两种完全不同的心态……囚犯们的心态和参谋部里老爷们的心态……上午9点以后,这两种截然对立的心态就紧密地联系在一起了。

军法官精神饱满,因此他今天办事雷厉风行。傍晚降临时,已经有 40 名囚犯被判流放北方,9 名被判枪决。

那些被判处死刑的囚犯被带到院子另一头一间特别的屋子里。小屋的门口布置了两个哨兵,手持上了刺刀的步枪,腰里别着手榴弹。白天,死囚的名单很快就在本地的士兵中间流传开来。名单中包括合作商店经理……这是完全可以猜到的,阿尔维纳·库尔马拉和曼达·维尔特宁……他们也被判处死刑,尤哈·托依伏拉……是的,还有他。看来他的孩子也只能由教区来抚养了!

屋子里的 9 名死囚都在等待着黑夜的到来。有些女犯人也开始平静下来,其中的一个还问哨兵几点钟了。

"怎么,你等不及了?"哨兵反问道。

哨兵不断换班。另一个女犯人问哨兵站岗放哨累不累。

"谢谢你的好意,不过我们很快就要下岗了。白军军官已经来了。"

"他是不是会来站岗?"

"是的,他特地要求把最后一班'岗'留给他。"

于是,再也没有人想发问了。

在那遥远的林间小屋里,两个被人遗忘的小孩度过了第二个可怕的夜晚。晚上,女孩跑到邻近的佃农家打听父亲的消息。但是屋里没有人,因此她只得流着眼泪气喘吁吁地走了回来。男孩也在黑乎乎的屋子里哭泣。他们就这样束手无策地准备忍受另一个可怕的夜晚。从前,他们姐弟俩经常吵架,父亲也常打他们。现在他们眼前好像又看见了年老的父亲那个秃顶的脑袋以及脑袋两旁还竖立着的头发。他们害怕得放声大哭,这样一来,他们内心深处那些潜意识的本能全都暴露无遗。眼下的尤哈和这两个孩子,活像一只被关进笼子的鸟和仍然留在鸟巢里的两只小鸟……在这里,这样的比喻可能很可笑,但无论如何这是正确的。

瞧,那只老鸟就坐在死牢的角落里,两手搁在膝盖上,十指交叉着,脑袋不时地上下摆动。整个白天，他一直感到胸口疼痛，上气不接下气。他被带到法官前面，但他记不得法官说了些什么。他毕生所经历的事情就好像放电影似的一幕一幕在他的脑海里掠过：他同死去的妻子在一起度过的最初几个夜晚，无疑应该说是很幸福的。后来发生了希尔图的不幸。现在回想起希尔图自幼的成长过程，尤哈觉得，希尔图一生的道路，就是一条不停地通向投湖自尽的那个月夜的道路。这种感觉非常生动逼真，以至于他压根儿没意识到，为什么直到现在这种感觉才以这样的形式出现在他的眼前。他只是不停地点头。过了一会，他又看见自己的生命旅程跟希尔图的生命旅程一样一桩桩地展现在眼前……

外面传来了低声的命令："出来！"尤哈身子一颤，又回到了现实世界，他的思绪开始转往另一个完全不同的方向。所有的人都走了出来。在芬兰独立战争中，这样的事情是司空见惯的。

尤哈·托依伏拉最后一个穿过墓地的大门。其他的人都比他年轻，所以都是快步走进来的，唯独那个大腹便便的合作商店经理与尤哈并排掉在后面。

寒冷、饥饿和失眠帮了尤哈的忙。胸口的疼痛已经停止，呼吸也没有太大困难，虽说还有感觉，但不那么厉害了。身体的战栗也已经难以觉察，在他的头脑中好像出现了一个无形的圆圈，当千头万绪的思绪一拥而进的时候，这个圆圈却原地不动。只要大伙都迈着一样的步子往前走，而且士兵没有下达任何其他命令，他的思绪就不会受到干扰。然而，一旦出现意外——即使是很小的意外，比如那位士兵把铁门打开，转身往后看，枪口在黑暗中划了一个弧形等等，尤哈都会觉得仿佛受到了令人绝望的震动。这种绝望感不再刺痛他的心，却像一只皮球从里面狠狠地撞击他的五脏六腑一样。

从墓穴里挖出的沙堆已经出现在面前。"停下！"走在前面的人立即停住了，走在后面的人紧挪几步也站定了。所有的人都一动不动地站着，静得可以听见人们的呼吸声，有一个囚犯一下子瘫倒在地，但没有任何人说话。这时，尤哈思绪周围的圆圈已经消失了，他感到大地在使劲地拽他，但他还是坚持站住了。现在他开始产生一种心情，而这种心情跟有一次他在患病的情况下参加圣餐礼后所产生的心情是相同的。难道他最近没有参加过圣餐礼吗？他很清楚地记得他曾经站在派依图拉家车棚的角落里，这是他幸福的过去，但从那时到今天所发生的一切却全都被忘掉了。真理和谬误，有罪和无罪……处于当前的形势和思想状态下，所有这些问题都是格格不入的。此时此刻，它们连进入头脑中最阴暗的角落的可能都没有。尤哈忽然想，希尔图离家那天，阳光充足，她穿的是什么衣服呢？噢，想起来了，穿的是那件衣服，那双鞋……

尤哈终于意识到了眼前发生的事。大腹便便的合作商店经理一声不吭，他被从后面调到前面，士兵命令他脱掉衣服和鞋子。瞧，他刚脱掉衣服和鞋子，现在正走向坟坑，脚下的沙子慢慢地往下倾泻。一阵揪心的寂静……咔嚓，咔嚓……弹膛都装上了子弹。又是一阵寂静。这时，一种令人窒息的反常感觉达到了顶点。"砰"的一声枪响，人们似乎反而感到轻松了。万事开头难，第一个被枪决后，后面的就好办了。

第二个人被命令脱掉衣服，走向坟坑，其余的以此类推。枪声接二连三地响了起来，但要想激怒这些麻木不仁的头脑，这是徒劳的。显而易见，这些被枪毙的人中没有英雄，其中的几个女人还不停地发出颤抖的声音，但不是哭泣，可能它就是母兽跟它们的幼仔分开时所发出的那种本能的尖叫声。徒劳无益的哀求宽恕、下跪……在关押犯人的地方她们就已经做过了。

结果，我们不讨人喜欢的老朋友尤哈成了最后一名。直到此时，他还保持着思维能力，头脑清楚，所以他能够觉察到这一切，并且脑海里还出现一种迟钝的感觉。他仍然相信，他刚参加过圣餐礼。他不停地喃喃自语："我主耶稣！救救我的灵魂吧！"他在脱衣服之前犹豫了一会儿，因为他的衬裤已经破烂不堪（像他这样的懒人当然是不会想到从赤卫队的仓库里去领取新衣服的），加之是在这种环境下，真叫人有点……但他最终还是解开皮带，把裤子脱了下来。同时，嘴里还是不断地祷告着："我主耶稣！救救我的灵魂吧！我主耶稣！救救我的灵魂吧！"

当尤哈穿着破袜子走进墓穴底部的时候，那里已经淌了一大摊鲜血。一种甜腥的懒散感使他本能地躺倒在死尸堆上。在朦朦胧胧的天空的衬托下，墓穴的边缘显得黑乎乎的。接着，一阵战栗把他的懒散感一扫而光。尤哈觉得，似乎有一只紧握的拳头顶在他的后脑勺上。

在短短的一瞬间，尤哈忘掉了等待着他的究竟是什么，然而紧接着传来了军官的命令，他必须站起来。在如此紧张的时候，人们往往会机械地服从命令，尤哈也不例外。他痛苦地挣扎着站了起来，手里还提着那条倒霉的衬裤。枪声一响，他栽倒在地上，没有留下任何遗言……谁也逃避不了的死亡终于降临到尤哈的头上。

尤哈的一生，仿佛一部充满苦难的历史，它肯定已经被记录下来，而且对这个民族无疑是有益的，但他本人对这个民族的特性却是一无所知。尽管如此，但他遭受的痛苦同现在正受到关注的那些人的痛苦相比，要深重得多，而且受苦的时间也要长得多。

白军军官带着列队走出墓地，而且越走越远了。尤西·托侬伏拉的生命终于到了天然的尽头，遗憾的只是他没有留下一句哪怕是最平常的遗言。究竟是什么妨碍他留下自己的遗言，实在难以想象。就在尤哈死去的时候，一场狂风暴雨正猛烈地席卷着芬兰的大地，而在地球上其他部分，人们也在极力探索，他们如此艰苦地追求的幸福到底是什么。如果一个有远见的人在那个漆黑的夜里偷偷地溜进墓地，走到墓穴里的那摊鲜血和那堆尸体旁，仔细倾听四周的寂静，那么他可能会从中窥察出某些端倪。不过他那时最强烈的感觉未必是恐惧。春天来了，墓地里一片蓬勃的生机,树木开始抽出嫩芽,鸟语花香为正在茁壮成长的孩子们带来了极大的欢乐。他们正日益接近人类世世代代梦寐以求的幸福。今天,他们仍然认为,肉体及其需求、社会和其他这样的东西都同对幸福的理解最紧密地联系在一起。事物虽然还处于初级阶段,但是来日方长。不管怎么样,我们已经到达了这样的阶段:不少人在走向死亡的瞬间尝到了这种幸福的滋味。正因为如此,我们觉得,我们也同样领悟了那天夜晚弥漫在墓地里的那种气氛。只要人类还存在,这种气氛有朝一日一定会传播到活人的世界里,这是毫无疑问的。

（京）新登字083号

图书在版编目（CIP）数据

神圣的贫困/[芬] 西伦佩著；余志远译. —北京：中国青年出版社，
2012.10

ISBN 978-7-5153-1092-3

Ⅰ.①神…　Ⅱ.①西…②余…　Ⅲ.①长篇小说-芬兰-当代
Ⅳ.①I531.45

中国版本图书馆CIP数据核字（2012）第231031号

北京市版权局著作权合同登记号：01-2012-6790

ⓒF. E. Sillanpää's heirs

First edition by Otava Pubishing Company Ltd. pubished in 1930 with the Finnish title
Hurskas kurjuus.

Published in the Chinese language　（simplified)by arrangement with Otava Group A-
gency，Helsinki.

本书由芬兰文学信息中心FILI（Finnish Literature Information Centre）资助出版。

责任编辑：董晓磊

＊

中国青年出版社 出版 发行

社址：北京东四十二条21号　邮政编码：100708

网址：www.cyp.com.cn

编辑部电话:(010)57350401　门市部电话:(010)57350370

三河市华润印刷有限公司印刷　新华书店经销

＊

700×1000　1/16　11.5印张　2插页　130千字

2012年11月北京第1版　2012年11月河北第1次印刷

印数：1-5000册　定价：28.00 元

本图书如有印装质量问题,请凭购书发票与质检部联系调换

联系电话：(010)57350337